U0510176

文
景

Horizon

社 科 新 知　文 艺 新 潮

Yoshida Shuichi

春　天，
相遇在
巴尼斯百货

［日］吉田修一 著　|　毛叶枫 译

春、バーニーズで

上海人民出版社

目　录

春天，相遇在巴尼斯百货

也许，他仍在供养年轻的男人，以至于精疲力竭。或者多少变机灵了些，至少能在年轻的情人离开房间时果断地藏好贵重物品。

当年他已在感叹"十年就该用Domohorn Wrinkle[1]了"，现在他应该已经年过五十大关。可是，今天傍晚在新宿的巴尼斯百货公司令人怀念地与他再会时，他还是一如既往，身穿带有华丽花纹的衬衫，手指上戴着镶嵌了大颗祖母绿的戒指，身边带着一个与巴尼斯的其他客人相比稍显土气的青年。

筒井为了在下周参加儿子文树的入园式，需要购买新的衬衣和领带，只得极不情愿地被妻子瞳拉

---

[1]　日本再春馆制药公司生产的护肤品。——译者注，全书下同

着，久违地来到离家很远的新宿购物。"衬衫领带这些东西，在圣迹樱丘车站前就能买呀。"直到走出家门的前一刻，筒井还试图抵抗，却遭到瞳的责备："别人家的爸爸都会特意穿得时髦些，只有你还戴着平时上班戴的领带，不太像样吧。"他向四岁的儿子求助："文树呀，爸爸就像平时一样，好不好？"可儿子已经和妈妈私下约好了要去买假面骑士阿基多的变身套装，并没有成为他的盟友。

在巴尼斯百货六楼的西装卖场，是瞳最先留意到那个人的视线。当时文树正抱住筒井的大腿闹着"快点去玩具店嘛"，而筒井正一边用双腿安抚文树，一边在镜子前把瞳为自己挑选的领带与衬衫搭配起来，"你看，那个人从刚才开始就盯着你看，是你认识的人吗？"筒井闻言随意地回头看向卖场，却看到了站在那里的那个人。

看到筒井转过脸，那个人像是鼻梁忽然被人打了一拳似的剧烈晃动起来，慌忙移开了视线。他那勉强转向电梯方向的脖子，看着有几分可怜。

"是你认识的人吗？"瞳问道。"不认识。"筒井回答。那个人旁边，站着一个学生模样的年轻男人。

筒井重新将视线转回镜子，镜子里映照出学生模样的青年的身影。那个人正把各式丝绸质地的衬衫在青年那副纤瘦的身体上换来换去，青年像是在介意其他客人的目光而显得十分羞涩。

不知是因为那个人说话的声音太大，还是因为他明明有中年男人的外表，遣词造句却十分女性化，客人们的视线都集中到了正在阐述意见的那个人身上："这个颜色看起来没什么品位呢。这件更合适。"

筒井从镜中观察着两个人，这时瞳拿来了新的领带，她笑着说："要是拜托那个人，你的衣服肯定早就选好了。"接着又问，"那是同性恋吧？""不知道……"筒井说着，看了看手里领带的价格标签，改变了话题，"也不一定要买这么贵的领带吧？"

最后，他们在这层楼只买了衬衣。瞳说想去楼下找一件好料子的针织衫，筒井于是牵着文树的手跟在她身后，走向自动扶梯——此时他当然注意到了，那个人正盯着自己，筒井犹豫着要不要打个招呼，好几次把脸转向对方，可只要他看过去，那个人就移开视线，等筒井迈开步子，那个人又盯着他看。当筒井抱起慢吞吞走路的文树、即将迈上自动扶梯的时候，两人的视线有一瞬间对上了。筒井急忙露出一个微笑，双脚却已踏上了自动扶梯，好不容易露出的笑容也被扶梯挡住了。

距离筒井和那个人同居的日子，已过了将近十年。筒井想，自己一定也曾像刚才见到的那个青年一样呆立在那个人身边，一脸不情愿地听他说着"这件更适合你。你呀，要穿得更漂亮些"。记不得是什么时候了，那个人有一次带着自己去新大谷饭店的高级天妇罗餐厅，邻桌坐着一个看起来眼熟的青年，像是正和家人一起愉快地用着晚餐。

"看，隔壁桌的那个人，是不是在我之前和你同居的家伙呀？我记得你给我看过照片。就是那个庆应还是哪儿的大学生。"

听到筒井小声的询问，那个人露出了异常严肃的表情，压低声音警告他："不是。别这样盯着人家看！"说什么别盯着人家，那个人自己却接连不断地发出怪声——"哎呀，这只大虾真是肥美。""哇，这盐可太美味了。"——从刚才起，邻桌青年的父亲就已盯着他看个不停。

那天晚上，筒井特意把照片找出来逼问那个人："你看，绝对就是他。"那个人盯着照片看了一会儿，露出十分怀念的表情："你也一样，假如你正和自己的父母在一起，我这种人上去打招呼，你也会觉得麻烦吧？"那个人说着，把照片扔到地板上，翻了个身。

"那……那的确是……是有点麻烦。可是打个招呼而已，也没什么吧？又不用说同居过之类的，之后也可以找很多说法啊。"

"说法？那你打算怎么说？"

"你看，比如说……'那家伙是住在附近的同性恋，很迷恋我，真烦人'之类的。"

"好过分的说法。归根结底，还是会给别人带去麻烦嘛。"

"我觉得，至少比连个招呼都不打要好多了……不然岂不是太凄凉了？好不容易才碰上一面。"

筒井脱得只剩一条内裤上了床。对方立刻抱了过来，筒井用手臂用力地挡了回去。

"你懂什么？你每天晚上借的那些大胸女人的A片，滞纳金都是我去给你缴的，和我的凄凉相比，跟家人在一起的时候假装不认识根本就不算什么。"

那个人说着，又一次抱住了筒井。

"我还是想去买刚才的领带。"筒井小声嘟囔。

此时，瞳正在镜子前把一件浅色的开司米针织衫放在胸前比画，说："这件衣服妈妈应该也能穿吧？"应该是又从妈妈那里收到了零花钱——筒井一家和岳母住在一起。

"刚才的领带？你是说黄色带黑点的那条？"

"对，就是那条。"

"怎么忽然又想买了？刚才直接买了就好了。"

"你在这儿等我一下。我现在去楼上买。"

筒井说完，抱起文树——他正准备钻进货架上挂着的短裙下面——两级并作一级地奔上了从三楼到六楼的电动扶梯。

当筒井决定住进瞳的娘家时，岳母高兴得声音都在颤抖。她抱着当时只有一岁半的文树，说着"请好好成为这个孩子的父亲吧"，跪伏在榻榻米上向筒井低头致意，无论筒井如何制止都不肯起身。文树今年已经四岁，筒井一直含糊地告诉他："你有两个爸爸。"可是，"我不是你的亲生父亲"——总有一天，筒井将不得不说出这个真相。筒井想，到那时，自己也许已经变成了真正的父亲。

那个人还在六楼。他仍和从前一样，让那害臊的青年站在镜子前，自己则挑剔着店员费心挑选的衬衫——这也不好，那也不对。

筒井放下文树，牵着他的手站到了那个人身后。也许是感觉到了身后的视线，那个人缓缓地转过身来，一看见筒井的脸，便又慌忙想移开目光。

"好久不见。"

筒井真的好久没有叫过那个人的名字了。差不多隔了十年，他再次开口叫出那个名字。

那人似乎还怀有几分戒心，先是确认过瞳并不在筒井身后，接着视线落在了瞪着自己的文树身上，看起来仿佛正在犹豫是不是真的应该回答对方。

"是我啊，是我。你不记得我了？"

见筒井上前一步，那个人便后退一步，撞到了店员身上。他带来的青年在旁边无聊地看了一会儿便趁机离开，缓步走到了卖鞋的柜台。

"记得以前，我也像那家伙一样被你带出来买东西，你也是这样挑三拣四的。"

筒井说着，看向青年的背影，后者正朝与他们相反的方向走去。

"啊，是吗，有这回事吗？可、可是，对你来说，我可能是你这辈子交往过的唯一一个同性，可是，对我来说，你看，就是，已经有好几十、好几百个人了，你看，怎么说呢，你只是其中一个，让我一下子就把你想起来……哎呀，真是的……"

这个人还记得自己——筒井已经从这颠三倒四的说明中充分判断出来了，他也想起来，这个人啊，一旦对方表示出好意，他就立刻要说些惹人讨厌的话。筒井于是反驳道："不记得就算了，真是的，难得我还特意回来。"转身装出要离开的样子。

"哎，等一下。我马上就要想起来了……"

那个人慌忙出声制止。筒井重新转过身。

"真的好久不见了。"

看到筒井的笑容，那个人也露出了令人怀念的笑容。

"这孩子，是你的孩子？"

"对，是我儿子。"

"是吗。你现在也成了别人的父亲。名字呢？他叫什么名字？"

"文树。筒井文树……菅原文太的文，成田三树的树。"

"哎呀，两个都是我喜欢的男演员。"

"我知道。所以才给他取了这个名字。"

"……什么？骗……骗人的吧。"

那个人在惊讶时过分夸张的表现，还有不自然的内八字，都和从前一模一样。

"真的因为这个才给他取了文树这个名字？"

"……当然是骗你的。"

"就……就是嘛。别再戏弄我了。"

那个人用和从前一样的方式，在筒井的肩上拍打了好几次。他动作奇特、节奏优雅地扭动腰部，接连不断地拍打着筒井牵着文树那一侧的肩膀。

京王线的特急列车缓缓从新宿站出发，穿过长长的隧道，开过了笹冢站。文树也许是走累了，已经发出熟睡中的呼吸声，他像青蛙一样蜷缩着双腿，坐在筒井的膝盖上，小小的脸庞紧贴在筒井胸前。

温热的气息伴随着他有规律的呼吸，穿过衬衫拍打在筒井的胸膛上。电车刚一穿过长长的隧道，便沐浴在夕阳的余晖下。光透过窗口，把乘客们握着拉环的手染成了橙色。每个人握拉环的方式都不尽相同。

买完东西走出巴尼斯百货公司的时候，筒井提议："时间还早，不如去哪里吃个晚饭吧？"瞳却说："再待下去，文树就要闹别扭了，而且妈妈说今天晚上要做散寿司，我们还是回家吧。"一家人于是穿过Alta前拥挤的人行横道向车站走去。

到达圣迹樱丘站时，太阳已经快下山了，瞳应该是在电车里发了信息，当他们穿过检票口走出汽车终点站，岳母驾驶的迷你帕杰罗正停在道路的另一边。"滴滴——"岳母看到筒井等人的身影，轻快地按起了喇叭。

筒井放下仍然昏昏欲睡的文树，勉强推着他往前走，说："看，外婆来接我们了。"

周末的圣迹樱丘车站前有许多和筒井家相似的一家大小。年轻父亲推着年幼孩子的背，让他走上巴士；年轻母亲的自行车前后都坐着孩子，正用力地踩着踏板；还有冰激凌店的橱窗前，戴着软帽的老人正抱起孙子，让他向橱窗里看。

"刚才，你在电车里想些什么呀？"

筒井牵着文树的手走过人行横道时，瞳忽然问起这样的问题。

"嗯？怎么了？"筒井回问，瞳笑着说："我看到你笑眯眯的。"

"我哪有笑眯眯的。"

"你笑了。电车开到调布站的时候，站在前面的人走了，你的脸后来一直映在车窗上。你笑眯眯的，发生了什么好事吗？"

"好事？……没有。"

筒井推着文树的背让他坐上后座，又把百货公司的纸袋放进车里，"爸爸妈妈给你买了什么？"岳母向文树搭话，又对筒井说，"对了，刚才一个说是新井部长的人打电话来，说'明天下午去一趟吴市，要出差两三天，请让筒井提前做好准备'。""部长？啊，对了，我今天没带手机出门。"

筒井关上后座的车门，走到反方向准备坐上副驾驶座，这时，已经在后座抱着文树坐好的瞳打开车窗，说:"对了，抱歉，你把自行车骑回去吧。我前几天骑着来买东西，忽然下雨了，只好坐巴士回家。自行车就那么一直放在停车场呢。"

筒井"啧"了一声，收回了正要迈上副驾驶座的腿。这时，从打开的车窗里传来了文树的声音:"……我们还遇到了爸爸的朋友。"可岳母像是要集中精力驾驶，一边附和"是吗，那可太好了"，一边反复看着后视镜。

"我回家的路上顺便去一下健身房，蒸个桑拿。"筒井站上人行道，对坐在车里的瞳说。

"别回来得太晚了。""晚饭前会回去的。不喝什么直接回去，记得把啤酒给我冻得冰冰的。"筒井说着举起一只手，目送岳母战战兢兢开动的迷你帕杰罗远去。

一走进自行车停车场，筒井马上就找到了自行车。虽然没有事先问过瞳把车停在哪里，可只是随意走走，就看到了停在眼前的自行车。筒井心想，事情大概就是这样。当年，如果那个人把自行车随意停在哪里，自己能像现在这样找到那辆车吗? 不，无论怎样拼命去寻找也不会找到，筒井想着，可能永远也找不到。

今天在巴尼斯百货六楼，自己握着文树的手和那个人久违地说了说话，这让筒井忽然意识到了什么。听起来也许有些夸张，那就是当一个人曾被掏心掏肺地爱过，他也许就能学会同样掏心掏肺爱人的方法。

"就算是这样，你也当上了爸爸，我也会变老。"

在身穿阿玛尼牌的服装、不会说话的塑料模特的包围下，那个人低声说了好几次。他目光追随着踱步到鞋履专柜的青年，说道："都像那孩子一样，趁还年轻，在我这里培养出了品位，可最后大家还是会像现在的你一样，变成那些随处可见的带孩子的爸爸。怎么说呢，感觉我是在浪费时间。"

筒井把妻子的自行车推出停车场，骑车前往健身房。他闪避着这个时间段正准备去餐厅的拖家带口的人群，身旁开过的汽车的前大灯照出他被拉长的身影，轮胎碾过那身影，筒井骑过了新开发的住宅区里井井有条的街景。

在运动俱乐部的前台交出会员证，筒井在有些拥挤的更衣室脱下衣服，看了看一旁全身镜里的自己。那些随处可见的带孩子的爸爸……他脱下衬衫，镜子里映出了小腹上的赘肉。

"今天六点三十分，一楼的有氧运动室将开始初级班授课。报名采取预约制，想参加的客人请随意前往报名。"

听着天花板音响里传来的通知，筒井在腰部缠上浴巾，从更衣室向桑拿房走去。周末的运动俱乐部里人很多，按摩浴池根本进不去。没办法，他只好在淋浴区冲湿身体，喝了一口冷水器里的水就走进桑拿间。时间缓缓过去，才过了三分钟，湿润的皮肤就喷出了汗，鼻尖也啪嗒啪嗒地落下汗滴，掉在白木地板上留下圆点的形状。

是什么原因，让自己从那个人的公寓里离开，筒井现在已经完全记不起当时发生的事了。也许，是因为找不到理由从那里——从一个毫不费力就能生活的地方出逃，对连理由都找不到的自己，筒井感到焦虑，从而害怕，进而迫不及待地逃走。如果想说场面话，可以说是被自己不能爱上的人所爱，因此产生了罪恶感；可实际上，也许是因为筒井对固执的自己产生了厌恶之心——恃宠而骄、不愿爱上本来可以去爱的人。

在巴尼斯百货六楼，那个人一脸担忧地牢牢盯着带来的青年，听到筒井说要走，他说："方便的话，下次一起吃个饭吧？"收到邀请的瞬间，筒井的心里仿佛忽然吹过一阵冷风，但这冷风很快又变成了温暖的东西。

这个人现在最感兴趣的不是已经年过三十的自己，而是那个正在鞋履专柜里转来转去的年轻人。他正豁出性命迷恋着对方，每到这种时候，这人便会对周围的一切都失去兴趣。所以才会如此轻易就邀请自己去吃饭。筒井当然不会去羡慕那个正在鞋履专柜游荡的年轻人。只是这个不知何时也会抛弃那个人的青年，此刻在筒井看来像在发光似的。

每当筒井用湿润的声音说"我快射了"，那个人便会停下爱抚的手。而当筒井抗议"干什么嘛！"，那个人又会露出彰显胜利般的微笑。

筒井不是奉承，那个人的爱抚技巧是一流的。要是个女人的话该有多好——他不止一次愤愤地想道，也曾经无意中对那个人说过。那个人好像已经习惯了这样的说法，笑着回答："你可真笨，正因为我不是女人，才会这么清楚男人的感受呀。"

筒井走出桑拿间，用冷水淋浴冲掉身上的汗，又用准备好的香皂仔细地清洗身体。也许是因为洗得太过仔细，或是想起了将近十年前所感受过的那个人的爱抚，筒井的腰部一带不禁躁动起来，他慌忙用冷水冲洗两腿之间，可是这又带来了另一种刺激，阴茎变得更硬了。他索性置之不理。只要集中精力清洗身体，这种程度的勃起应该过一会儿就能消失。

筒井把香皂擦在毛巾上，打出泡沫，粗暴地清洗着前胸和腹部。泡沫打在潮湿的墙壁上，又被冲到脚边的地砖上。

在巴尼斯百货公司的六楼，两人正在交谈，文树牵着自己的手，带着一脸不可思议的神情看着那个人。

"来，快跟这个奶奶打声招呼。"筒井在那个人面前抱起自己的儿子。文树盯着那个人看了一会儿，像看穿魔术的诡计一样笑了起来，说："他是男的，不是'奶奶'。"

“为什么不行？男人里也有‘奶奶’哦。”

“别说了。小孩子会搞不清楚的。”

听到筒井的玩笑，那个人慌忙制止："男人是‘爷爷’才对嘛。"

那人一边说着，一边温柔地抚摸文树的头。

“没关系，就叫他奶奶。”筒井微笑着说，“对这孩子，对我儿子，我正想趁早用各种事情去把他弄糊涂呢。”

爸爸下电车时

风景从电车线路两旁的住宅楼间断断续续地出现，忽然，武藏野的景色在眼前铺展开。这一幕就像电影里的闪回——会留下一些印象，却不会被当作记忆储存。想象这东西真是不可思议，就算从没在这里下过车，也仿佛能从站名中想象出街道的模样。快速电车七点五十六分从圣迹樱丘站发车，首先穿过早晨还很清冷的多摩川，在中河原、分倍河原停车后，现在正开往府中站。圣迹樱丘站是京王电铁公司的第一任社长为了对抗田园调布站而建造的，与之不同的是，在中河原、分倍河原站都没有修建进驻了大型商场的大楼，那里的站台和检票口都与附近居民的视线一般高，快速电车穿过这些站，就如同穿过客厅——餐桌上摆着涂好蜂蜜的吐司，电视里播放着晨间连续剧。今天早上，岳母烤制的吐司上涂着满满的黄油和草莓酱。筒井比平时晚了十分钟才来到客厅，他一边系上妻子瞳为自己挑选的领带，一边说："妈，我只喝咖啡就行了。"岳母从厨房里探出头，她在睡衣外面披了件针织衫，嚼着吐司说"哦，是嘛"，一边露出有点遗憾的神情。也许是涂了太多的黄油，稍有些焦痕的吐司闪着金色的光。

"这人昨天回来得可晚了。"妻子说。

"宿醉吗？"岳母再次从厨房里探出头来。

"半夜听到他回来了，结果一直在我旁边念叨'啊——好恶心。啊——好想吐'，我都没睡着。"

"我给你做碗蛤蜊汤吧？"

筒井任由瞳为自己调整领带的位置，一口气喝干了味道很淡的咖啡。儿子文树坐在餐桌的一头，不声不响地用手抓起香肠往嘴里放。不仅那双小手，连红红的嘴唇周围也泛着油脂的亮光。筒井想去摸摸文树的头，却担心他会拒绝并弄脏自己的白衬衫，已经伸出去的手又收了回来。大约三年前，筒井向身在长崎的双亲报告自己要正式和瞳结婚，却意外地遭到父亲的激烈反对，理由是"不能放任你娶一个带孩子的女人"。筒井却想，也许父亲对自己所说的一切都持反对意见，包括要入赘女方家，住到圣迹樱丘的岳母家里去。两人没有举办婚礼，在登记后的第二个月，筒井从长崎叫来了双亲。在从新宿开往圣迹樱丘的电车里，父亲用目光追逐着车窗外路过的萝卜田，说："东京也有贫有富嘛。看看这里，长崎都比这里更像大城市。"母亲在一旁长吁短叹："长崎和东京也离得太远了，我都没力气和媳妇拌嘴了。"对于筒井瞒着自己悄悄把自己的戒指给了瞳，以及同时有了儿媳妇和孙子这些事，她仿佛很高兴。

筒井会忽然想起戒指的事，是因为眼前的窗玻璃上贴着钻石的广告，而会忽然看清那张广告，也是因为在府中站上车的乘客里有一个人在背后猛推了他一下。在目光聚焦到车窗的广告之前，筒井正看着府中站的站台。乘客们规规矩矩地站成三列，随着电车的到来在车门前向两边分开。当乘客们分出一条路来，他看见队列后面小卖店里正给人递出体育报纸的年轻女人的身影。能看见报纸上用黄色的大字写着的"Ichiro"[1]，可"Ichiro"究竟如何就看不清了。年轻的女客人戴着一条毛茸茸的白色围巾，当她把零钱递给店员时，围巾从肩膀上滑落，比围巾更白皙的颈部跃入筒井的视线。在发车的通知铃声响起、车门关闭后，为了确保自己有个站的地方，车厢里四处都起了微小的争执。在筒井的右边，一只男人的手从背后伸过来想抓住吊环，旁边另一个男人却扭动脖子想拨开那只手。那个男人的手里正拿着一本翻开的历史小说文库本，"义经咬牙切齿""这么大的雾，看不见敌人在哪儿"等等书里的内容，筒井都一览无余。电车缓缓开动，成排的吊环同时开始晃动。车窗外，刚才那个披着白色围巾的女人正在空荡荡的站台上行走。她与筒井只隔着一扇玻璃，正呵出白色的气息，带着一脸惺忪的睡意走着。电车逐渐加速，开过长长的站台。拥挤的车厢里，不知从哪儿飘来了甘甜的红茶香气，也许有人今早喝过吧。两天前的周日，筒井带着文树去多摩川的河岸边散步。文树撅着小小的屁股爬上了

---

[1] 指日本著名前职业棒球选手铃木一郎。

26

种着草坪的陡坡。也许是因为眼前的多摩川没有积水，露出了河底碎石，筒井忽然觉得北风中有了些凉意。文树想去有水的地方玩，可是筒井想到岳母询问过他上周发低烧的事，于是抱起裹成一个圆球的文树，沿着河堤向车站走去。怀里的文树一直在数"京王酱"沿线车站的名字，从"shengjiyingqiu"开始，他跳过不念的车站变得比急行列车中途不停的车站还多，等到了终点"xinsu"站时，文树已经流下了鼻涕。走到车站前，文树说渴了，两人因此去了麦当劳。周日的麦当劳里人潮涌动，十分拥挤，两人排了将近十分钟才终于能够点餐，好不容易点完餐走向就餐区，却发现找不到空座。文树抱着筒井的腿，不时松手想跑开，筒井伸腿想拦住他，文树却把他抛在身后独自走开了。文树走向一张四人桌，一个年轻的女人正独自坐在那里。这是一张有些微妙的四人桌，桌子固定在地上，从正中间被一分为二，也勉强能算两张二人桌。年幼的文树无法领会这尴尬的布局，毫不客气地爬上了椅子，端着餐盘的筒井看了女人一眼。女人面对这突如其来的拼桌客也流露出几分吃惊，可随即向筒井展露一个笑容，仿佛在说"请便"。

"不好意思。"

筒井低头致歉，把餐盘放到桌边。可他虽然放下餐盘，却不知道自己该坐在哪里才好。文树已经坐到了女人的斜对面，如果考虑要照顾文树吃饭时流下来的照烧汁和美乃滋，那么坐在文树旁边更方便，可这么一来自己就要坐到那位女性的对面了。但是，坐到女性旁边的座位似乎也不太好，筒井站在原地稍微踟蹰了一会儿。最后，他抱起已经把手伸向炸薯条的文树，移到女人对面，自己则坐在了女人斜对面的椅子上。

透过窗户，能看到电车逐渐朝这个方向开来。京王线从高尾山口开来的路线和从桥本方向开来的路线，会在调布这一站会合。两列电车保持着一定距离、共同行驶一段路程后，会在站台前仿佛被磁石吸引般忽然接近。无论经历多少次都会有要撞车的错觉。大学时，筒井租住在同样是京王线的芦花公园站附近的公寓里。当时他在歌舞伎町的居酒屋打工，某天正坐电车准备去店里打工，突然遭遇了急刹车。当时筒井正倚靠在最前一节车厢从前向后数的第二道门上。急刹制动的瞬间，他的脚边传来了什么东西咕噜咕噜滚动的钝响。那是在距离下高井户站不远处的铁道口。那天晚上，筒井去了当时正在交往的美雪家里，把这件事添油加醋地描述了一番，在筒井的描述中，他在最前方，能够越过司机看到外面。"这么说，你看到那一刻了？"美雪问。"看到了。在撞上去的前一秒，那个人瞥向这边，那张脸还在我头脑里挥之不去呢。"筒井声情并茂地描绘。当然，筒井没有看到那个瞬间，只听说有人跳轨，连是男是女都不知道。忽然停下的车里虽然多少出现了一点躁动，可随即就响起了语气机械的广播，十几分钟后，像什么也没发生一样，电车再次开始运行。那部电车碾着应该还在车底的尸体发车了。也许是因为如果不这样做，就无法清理尸体。那天晚上，筒井对美雪描述的时候，他眼前浮现的铁道口，站着一个脸色很差的男人，消瘦的身体上裹着晃晃荡荡的西装外套。为什么会觉得是个男人呢？为什么会觉得是三十出头呢？现在想来，美雪也许仍然深信筒井曾经目睹那件事故的现场。自从两人不再联络，已经过去将近十年，现在，美雪正在什么地方过着怎样的生活呢？也许她还记得这些筒井根本没有见过的场景。星期天，和文树一起在车站前的麦当劳里遇见的女性，与美雪有一点相像。筒井发现这一点，是夜里在床上抱住瞳的时候。瞳抬头看着忽然停下动作的筒井，满脸疑问，可筒井到底无法说出"在麦当劳遇到了跟前女友长得很像的女人"，不，如果只是这样，或许就说出来了，可两人还交换了手机邮箱——尽管事出有因——筒井于是刻意什么也没说。

感觉到有人在看自己，筒井向拥挤的车门方向望去，一个在车门前勉强站稳、稍微上了点年纪的女性，正表情不快地看着他。和筒井视线相交的瞬间，她慌忙转过脸，不料旁边正好是一个女高中生的脸，两人的鼻子差点撞在一起。女高中生吓了一跳，不假思索地"啊"出了声，露出洁白的牙齿上银色的矫正器。也许自己因为想起了麦当劳里发生的事，控制不住表情而露出了微笑，筒井勉强调整到严肃的表情握住了晃动的吊环。美雪也好，在麦当劳里遇见的那个女人也好，两人的牙齿都非常漂亮。不知道那个女人是不是也和美雪一样每天晚上都会使用牙线。牙线这种东西，筒井是在和美雪交往后才第一次知道的。用细细的尼龙绳在牙齿和牙齿之间上下移动——起初他听说是这样使用的，可感觉划伤了牙龈，口腔中有血的味道。他曾半开玩笑地拜托美雪用给自己看看，美雪却因为害羞从未当着他的面用过。有一次，筒井陪岳母去车站前的药妆店买东西时无意间将手伸向牙线，可岳母也没有使用牙线的习惯，光是听着筒井的说明，脸上就露出了些许痛楚的表情。岳母在药妆店里买了几瓶标签上写着"适用于室内晾晒"的洗衣液。话说不仅岳母，就连瞳也很少在阳台上晾晒衣物，而是选择在客厅旁六叠[1]大小的房间里晾衣服。难得有一个日照充足的阳台，在那里晾衣服多好呀，为什么她们要特意在六叠间的横木上挂晾衣竿呢？据说大楼的自治委员会禁止住户在阳台上晾晒被子，筒井也曾听到过在阳台上晒被子是扰乱街景这一说法，可这些说法究竟是从谁的嘴里说出来的？一直以来的理由都是欧美人不会这样做，可对方原本就是睡床

[1]　日本丈量面积的传统单位，一叠约为 1.62 平方米。

的国家，当然不会在阳台上晾晒五颜六色的垫被。话说回来，垫被的图案确实没什么品位。此刻，筒井的眼皮底下坐着的这个大婶正把一个大大的包放在膝盖上，垫被的图案大部分就跟这个包一样，尽是些毫无品位的花色。

车内逐渐变得拥挤，却寂静到令人毛骨悚然，只有脚边传来的车轮行驶的震动。早晨的电车为什么越拥挤却越安静呢？忘了是什么时候，哥伦比亚广播公司的主播丹·拉瑟在东京做过现场采访，采访中最令他惊讶的就是挤满了人的电车里异样的安静。只不过当时在他所乘坐的那趟通勤电车里尚能把麦克风举到自己嘴边，还远远称不上挤满了人。

真真正正挤满了人的电车，已经开过了杜鹃丘、千岁乌山站，现在正穿过堵车中的八号环城路上架设的高架桥。车窗外忽然出现的景色，是与平日毫无二致的薄云，让人不禁思考这地方是不是从来不曾照进过阳光。过去，筒井曾开车在下着暴雨的八号环城路上飞驰，那是什么时候的事呢？在被雨点敲打的挡风玻璃上，雨刮的橡胶条掉了下来，筒井趁着红灯停车的间隙从窗户伸出胳膊装回了橡胶条，上半身也淋得透湿。当时是要去什么地方来着？自己仿佛十分焦虑。如今却想不起当时的目的地了。说到想不起来，前几天，筒井随意从书架上拿出《寻羊冒险记》的下卷，里面掉出一张拍立得照片，照片里是年轻的自己，手搭在一个面生的孕妇的肩膀上。既然搭着肩膀，想必关系亲密，可是无论怎么看那张照片，别说名字，连这个孕妇究竟是谁、来自哪里也想不起来。《寻羊冒险记》是自己学生时代读过的书，拍立得上的自己虽说年轻，却已系着领带。搬到瞳家里的时候，筒井趁机清理了大部分照片。而几天前，他从这张文库本中忽然掉出的拍立得照片上觉出了一些深不可测的东西——毫无自知的记忆，或是连自己也不知道的过去。若被人胡乱猜测也挺麻烦的，筒井索性给瞳看了那张照片。"难道说，这人肚子里的孩子是你的？"瞳用玩笑糊弄过去了，可当她从房间里出去的时候却调侃道："人啊，会忘记对自己不利的事。"看来她并没有完全接受筒井所说的"真的什么都不记得了"。最后，那张拍立得是想扔扔不掉，又不能放进家庭相册里，只好放回到原本的地方——《寻羊冒险记》

下卷一百页左右的位置。说起来，前几天在麦当劳里遇到的女人，也在桌上也放着文库本。外面包着书店的纸质书皮，因此看不出来是什么书，可是筒井想，从印象来看，那一定不是小说，而是幸田文[1]那一类作家的随笔集吧。

"小孩子……是把薯条横着放进嘴里的？"

这是女人所说的第一句话。筒井知道她正饶有兴趣地看着眼前狼吞虎咽吃着薯条的文树，可忽然被问到这样的问题，一时找不到能回答的话，只好反问："嗯？"女人为这不由自主脱口而出的话感到有些不好意思，急忙说明："啊，不好意思。可是你看，明明可以像这样竖着，他却在横着吃。"

听了女人的话，筒井重新看了看自己的儿子。确实像女人说的一样，长长的薯条明明可以直着放进嘴里，文树却抓起来往嘴里硬塞。圆珠笔或者其他的东西都是这样，横向的，或者说，与手指垂直方向的，要比纵向 —— 也就是和手指平行方向的 —— 更容易抓取。文树的手指仿佛本能地在实践

[1]　幸田文（1904—1990），日本散文家、小说家。著名小说家幸田露伴的次女。因细致而感性的观察力和文笔而受好评。

34

这一点。如果这是圆珠笔，横着也放不进嘴里，刚刚炸好的薯条却因为柔软而可以做到。其结果就是文树的嘴角变得油汪汪的。"唔……" —— 筒井终于理解了女人刚才忽然提到的话，并且十分能够领会她的意思。可是除了"唔……"也想不到其他什么能说的。女性如果生了孩子，生理方面会产生变化，胸部会涨大，产生奶水，听说怀孕期间还会掉头发。筒井总觉得，那些抱着年幼孩子的母亲，身体会产生一种气味似的东西，仿佛以此向周围彰显自己身为母亲的强大。筒井有时会想，生孩子会让女性的身体产生变化，同为双亲之一的男人的身体要是也能发生点变化就好了。虽然自己没有提供精子，可文树不管怎么说都是自己的孩子，抱着文树的自己，身体里也应该产生点什么。如果说抱着孩子的女性能产生的是强大，那么抱着孩子的男性身上，产生的是不是能让周围安心的物质呢？所以那个女人才会毫无防备地向自己搭话 —— 尽管自己只是一个碰巧在车站前的麦当劳里和她同坐一桌的陌生人。的确，去郊外的建材超市时总是会遇到看起来曾是不良少年的年轻男人，如果对方独自一人总让人觉得有些危险，但如果臂膀中抱着一个孩子，就算擦肩而过，也不会让人感到恐惧。男人有了孩子就会丧失攻击性，这样看来没错，男人的身体也产生了一些生理变化。筒井第一次和文树单独坐电车时，当他用两条腿把想要四处跑动的文树夹住坐下，前座的两个高中女生忽然说话了："真可爱。"筒井来东京十几年了，被陌生的高中女生搭话——并且在电车里，这还是头一次。那时筒井还没有身为人父的自觉，他清楚记得自己当时的想法："带着文树出门简直可以想怎么搭讪就怎么搭讪。"筒井记得自己对那个在麦当劳里读幸田文随笔的女人说了这些。当然没说搭讪的事，而是带孩子的不良青年和不带孩子的不良青年。"你住在这附近吗？"筒井问。"不，我来朋友家坐坐。"她回答。恐怕是恋人，她却只说是朋友。筒井和她同坐一桌，看起来仿佛是在店里度过休息天的一家人。

"在这里等朋友吗？"

"不，我准备回家了。有点饿了，所以上电车前稍微吃点。"

"是吗。从这里回市中心，确实要先填饱肚子。"

"不是，没有那么……"

"我开玩笑的。"

这时，女人的手机响了，电话那一头好像是母亲，正在询问："现在在哪儿呢？""在圣迹樱丘站。""是京王线。""比府中要远一点。"她的回答听起来像是解谜的提示。

筒井有种不祥的预感，当女人打完电话把手机放回桌子上时，文树喝完香草奶昔，开始没头没脑地自夸："我啊，能从爸爸的电话给妈妈发画。"女人起初摸不着头脑，筒井带着歉意说明："就是用我的手机选一些表情符号，然后发给他妈妈。"女人于是露出刻意为之的惊讶表情说道："哎呀，原来如此。"筒井想，恐怕她身边没有这么年幼的孩子，她还不知道，让年幼的孩子感到开心，事情会发展成什么样。不出所料，文树说要用筒井的手机向女人放在桌子上的那部手机发送心形和星星组成的暗号。筒井知道自己一旦拒绝，文树就会开始闹别扭，他于是甩开文树的手开始收拾托盘。女人却说："好呀。"筒井一时间无法判断她所说的"好呀"是指什么，女人接着补充道："我的邮箱地址很短。"

电车在可以换乘井之头线的明大前站停车，又缓缓地开出站台。刚才还乘坐这列列车的人们快步走在站台上，像是追逐着驶出的电车。有人脚步沉重，有人脚步轻快，还有人大步超过自己前面的人，也有人因为冷风而缩起身子走路。站台上交织着各式各样的腿。腿与腿之间又能看见别的腿。尽管在圣迹樱丘站坐上电车后一直站在同一个地方，可是筒井刚注意到，坐在自己斜前方的女性身穿一件鲜红的大衣。在电车到达自己下车的车站前，他要么眺望窗外，要么只能垂下视线发呆，虽然不可能没看见那件衣服，但是现在才留意到那件稍微触及自己腿部的红色大衣的衣角。说起来，文树在麦当劳里发给女人的短信，是用红色的心形作为开头的。两个红色的心形，一个黄色的音符，好像还加上了雪人的符号。短信一发出去，女人的手机就在桌子上震动起来，文树兴奋地哇哇大叫。她把收到的短信给文树看，小声说了一句"谢谢"。不能让对方一直陪着孩子胡闹，筒井于是说道："我们差不多要回家了。"她也自然地站起来说："我也是。"最后，三个人一起走到店外。女人向车站走去，文树接连不断地说着"拜拜"，她因此数次回头，不小心踏错了台阶，差点摔倒。"啊"，筒井不假思索地喊出声来，她却立刻站稳身体，不好意思地笑了。直到身影被柱子挡住前，她都在用力挥手，文树握着筒井的手，也好几次跳起来回应她。筒井并没有把她的邮箱地址保存到通讯录里，在这之后如果有新的邮件进来，不知哪天，发给她的邮件就会消失。虽然筒井是自己的丈夫，但瞳从来不会检查他的手机。别说手机，像昨天那样深夜两点才回家，按理说总该抱怨了，可是当瞳听到筒井战战兢兢地告诉自己："对不起。我是坐出租车回来的。"也只说了一句："偶尔一次无所谓啦。"当然，两人的关系并不冷淡。瞳本来就有洒脱的一面，筒井也是因为喜欢她这些地方才和她结了婚，只不过筒井是第一次结婚，瞳是带着孩子再婚。两人对这个事实都不以为意，最为介怀的却是岳母，她平时不怎么喝酒，偶尔邀筒井晚酌一杯，总是会泪眼婆娑地反复说："你要一直对瞳和文树好呀。"筒井虽然很理解岳母因为独生女儿离婚一事受到了相当大的打击，可每当听到她吐露这些泄气的话，总觉得自己是一个抽到下下签的男人。事实上，他自己从来没有这样想过，岳母却让他感到自己是放弃了什么才选择了现在的生活。自己当然不是因为放弃了什么才选择成为瞳的丈夫、文树的继父。可假如不做这样的选择，自己无疑还有别的人生机会——虽然他并不渴望这些机会，可是像今天这样在圣迹樱丘开出的电车里晃来晃去时，他总感觉，在这辆挤满了人的电车的某个地方，有着没有做出这个选择的另一个自己。哥伦比亚广播公司的丹·拉瑟也曾坐过挤满了人的电车——尽管他所乘坐的那趟车不算十分拥挤——但他不应传达那令人毛骨悚然的寂静，而应向全世界报道每一个电车乘客内心世界的喧嚣。比如自己儿子的亲生父亲来接走儿子的那个早晨，随着电车的摇晃正前往公司的另一个父亲的内心。

筒井握着扶手，盯着红色大衣的衣角发呆。电车刚才从笹冢站发车，经过了"中村屋"的工厂，再过几秒，便会潜入地下。尽管在明大前有那么多乘客下车，可是筒井仍然无法向前或向后移动，红色大衣的衣角仍然碰触着他的腿。衣角上有个黑色皱褶似的东西，正当筒井把目光聚焦在那里的时候，电车滑进了地下，皱褶飞了起来 —— 原来那皱褶是一只不合季节的黳黑的苍蝇。筒井刹那间吃了一惊，背后有人被撞到脸，传来轻微的"啧"声。飞走的苍蝇在玻璃上撞出响声，随后穿过行李架消失在天井。当苍蝇撞上窗玻璃的时候，和筒井站在一起握住吊环的几个人好像都注意到了，同时用目光追逐着它消失在天井的轨迹。苍蝇很快飞了回来，在筒井等人面前发出拍打翅膀的声音，快速地左右来回飞舞，乘客们在它飞到自己附近时都谨慎地摇头闪避，却没有人伸手驱赶。苍蝇在行李架周围回旋飞舞了一会儿，又不知消失在了哪里，聚集在苍蝇身上的视线也各自回到原处。电车进入地下，窗户上映照出筒井的脸。筒井这才注意到，站在自己旁边的男人鼻子下面留着一点小胡子。那又怎么样呢？当然不会怎么样，只是，长着这样一张脸的人已经在自己身边站了将近30分钟。不知道文树的亲生父亲有没有留胡子。那个每月一次在早上九点前来接走文树，然后带着文树去某处玩耍的男人，比自己要高吧？才四岁的孩子，却已经懂得照顾父母的心情。和那个男人见面的日子，文树总是"爸爸，爸爸"地唤着筒井，比平时更爱向筒井撒娇。他知道自己一撒娇筒井就会开心，明明常和妈妈睡在一起，只有在那每个月一次的日子，他一定会睡在筒井的床上。两人婚姻的破裂并不是由于那个男人犯了什么原则性错误，谁也没有权利从他那里夺走文树，无论筒井多么焦灼，也无法从文树那具小小的身体里祛除那个男人的DNA。今天晚上，文树一定也会睡在爸爸的床上吧。

电车在幽暗的地下继续飞驰，在幡谷、初台站停车后，开往新宿站。别想这些了，想点别的吧——在今天的通勤电车上，筒井越是努力，越是忍不住想到这件事——儿子不仅仅是自己一个人的儿子。最后到了快下车的时候，他还在思考这原本不愿思考的问题。给那天在麦当劳里遇到的女人发发信息吧。"那天，谢谢你陪孩子玩"之类的，这种内容的信息，对方应该也会回复吧。

电车滑入新宿站的站台，乘客们挪动起来准备下车，刚才那只苍蝇不知又从哪儿飞了回来。也许刚才一直停在哪里，也许正停在某处休息的时候，被乘客们忽然起身的动作惊扰，慌张飞了出来。在还没打开的车门前，在焦急的乘客们的头上，一只黑黑的苍蝇正迅猛地回旋飞翔。正当筒井用目光追逐着那只苍蝇时，门呼啦一下开了，一瞬间，苍蝇比任何人都更早地飞向明亮的站台。

夫妻间的恶作剧

一旦关上厚厚的房门，刹那间，房间里的空气也像是收缩了。不，事实上门的开合并不会压缩房间里的空气，可身体却在一瞬间切实感受到了压迫。筒井走进房间时，妻子瞳正坐在床边跟谁打电话，她稍稍转向这边，用唇语说："你回来了。"明明一小时前就从婚礼会场提前回来了，可瞳仍穿着黑色的礼服长裙，朝向筒井的洁白脊背看起来有些冷。

　　高级双人房的假期费用比平日要高出三千日元[1]，可这房间很难说像名字所写的那样"高级"，再加上与相邻办公大楼的窗户离得很近，仿佛不只是自己的身体，整个房间都能感受到一种压迫。记得

---

[1]　约合人民币150元。

上次去下关出差，筒井在网上寻找价格低廉的商务酒店，发现了一晚两千八百日元的高级房。虽然他立刻就预约了，但总觉得高级这个词和两千八百日元这个价格有种难言的不协调。虽然多少知道这个词的意思，筒井还是特意查了查日英词典。

"Superior" 1. 优于一般的，优秀的。2.（陈述地）超越，不受偏见拘束 3. 傲慢的

词典上是这样写的。简单来说所谓的高级房，指的是更高一级的房间。只是，当时预约的那家商务酒店里并没有比高级房更差的房间，整个下关市也找不到比二千八百日元更便宜的酒店房间了。

筒井在靠近门的床上坐下，脱掉紧紧束缚了小趾一天的新皮鞋，正在继续和儿子通话的瞳再次转过身，递来挂着好几个挂饰的手机，说："文树要和爸爸说话。"筒井像要躺下似的伸长手臂，接过那部有点重量的电话。他就着这样的姿势横躺下来，说："喂，文树。"瞳终于从和儿子的漫长通话中解脱出来，她从椅子上站起身，打了一个大大的哈欠，朝浴室走去。

"爸爸？文树现在跟爸爸说完话，就要去睡

觉了。"

今天筒井和瞳离家的时候，文树明明还哭着闹着说："我也要一起去！"也许是岳母带他去了车站前的南梦宫乐园吧，听筒里传来的声音显得十分开心。

"洗完澡了吗？"筒井问到。

"洗澡？我和外婆一起洗了。现在，外婆要给我讲故事了。"

"真好啊，外婆要给你讲故事吗？"

"其实爸爸也可以给我讲。但是今天只有外婆在家，所以外婆给我讲故事。"

瞳从浴室里探出头来，用唇形问："要洗澡吗？要放热水吗？"筒井也用唇语回答："要洗，放吧。"虽然是因为有一方正在通话才会使用这样的交流方式，但在狭小的"高级房"里像这样无声地对话，与其说没有发出声音，更像是声音从嘴里发出的瞬间被什么东西给攥坏了。就像进入房间时所感受到的压迫感一样，它一下子捏坏了两人的对话。

两个月前，筒井从一年前辞职的后辈社员花原那里收到了婚礼请柬。最初是邀请筒井一个人去，后来花原打来电话询问："能不能请您夫人也一同参加？"加上岳母也在一旁怂恿："只出去一个晚上的话，我来照顾文树就好，夫妻俩偶尔也一起出个门嘛。"于是，瞳也一起来到了大阪。

花原在一年前辞职回到老家大阪，现在继承了规模虽小却是大正元年[1]开业的日式点心老店。在公司里他虽然不是筒井的直属部下，可也恰好在京王线的圣迹樱丘站租了公寓独自生活，两人平日里去的运动俱乐部也是同一家，因此偶尔会在车站前的居酒屋里一起喝酒。距花原辞职大约半年时，他偶尔会在休息天晃晃悠悠地出现在筒井家门口，吃过瞳和筒井岳母做的饭再回自己家。如果两人同在一个部门或是同样的年纪，也许就不会在工作之外像这样坦诚地交往了，可筒井是营业部，花原是会计部，加上两人在公司里的楼层也不一样，不知不觉中，筒井也可以卸下心防对花原吐露对工作的种种不满。

"每次到筒井家来玩，我也变得想结婚了。"

说着客套话的花原，被筒井当成弟弟般疼爱，

[1]　1912 年。

文树也十分亲近总是耐心陪自己玩耍的他。就是这个花原，有一天忽然来找他商量："筒井，其实最近，家人想让我回大阪去继承家里的生意。"筒井知道，花原正是因为不喜欢家里的生意才会跑到东京读大学，想必每个年轻男人都是这样，想做点比自己的父辈更了不起的工作。当时花原才二十六岁，筒井已经三十多岁了，对瞳带来的继子文树也能够打从心里当成自己的孩子。如果时间倒退三年，自己依然为人子，尚未为人父，筒井也许会流露出逞强的一面，告诉他："好不容易才逃离的地方，现在怎么能回去。"

但筒井这样回答："回去吧。去继承家业。现在回去的话，还能从做匠人的父亲那里学到很多东西吧？如果是这样，就抛开意气用事的一面，回去比较好。"

几个月后，花原递交辞呈，搬出公寓回到了老家大阪。花原一定很想从谁那里得到这样的意见吧。人在年轻时，有时会把可靠的道路当成舒适的道路。可当人不再年轻，会发现自己正拼命想回到那条可靠的路上。

"你没参加婚礼后的续摊吗？"

瞳忽然开口说话，躺在床上的筒井"嗯？"地睁开眼睛，看见瞳站在自己脚旁的位置，正费力地想解开背后的拉链。浴室里传来浴缸正在放水的声音。筒井坐起来，默默地为瞳拉下礼服拉链。

"我去露了个脸。来的人都是新郎新娘的同级生，我待在那里挺不自在的。"

拉链拉下来之后，露出了一点臀部的缝隙，瞳穿着搭配礼服长裙的黑色丁字裤。

"现在的婚宴上还会有那种体育社团风格的表演啊。我吓了一跳。"

"因为这里是大阪嘛。"

"你这是偏见吧？大阪也有举止拘谨的人。"

"偏见？你倒是会说，你给我找几个这种高级的人出来看看？"

"什么嘛，什么叫高级的人。"

瞳挂在肩膀上的长裙滑到了脚边，筒井又一次横躺回床上。瞳从地板上捡起裙子，挂进衣柜，在浴室里披上洁白的浴袍走了出来。

"不过，婚礼真是不错。花原哭得那么厉害。"

"是啊，太丢脸了。"

"也说不上是丢脸吧。自己的丈夫在婚礼上流泪，这是隆子的幸福啊。一辈子都可以抓住他这个软肋了。"

"你说这话是认真的吗？"筒井说着，瞥了一眼笑着的瞳。

"不过，花原不是向很多人介绍我们，说我们是'理想的夫妻'。你听着有没有觉得不好意思？"

"嗯，是怪不好意思的。"

"不过我倒忽然想，我们如果也好好办个婚礼就好了。你呢？你没有这么想吗？"

"当初不是你自己说太麻烦的吗？"

筒井吃惊地嗤笑出声。

"话虽这么说，可是，每次参加完这种让人感动的婚礼，总还是会这么想。"

"我的朋友可是会在婚礼上讲黄色笑话的！"

"可以啊，欢迎黄色笑话。"

"到了送花束的时候，我也会哭的！"

"平时你根本都不对我表达爱意，这种事总该做一做吧？这样婚礼钱也总算没白花。"

瞳说着，把筒井脱下来的上衣挂进衣柜，又把地板上自己和筒井的鞋子排列整齐放进柜子。筒井看着瞳在狭窄的房间里走来走去的身影——明明每天都生活在一起，他却重新认识到——是的，的确，瞳走路的方式是这样的。不是说有什么明显特征，但是她挺直脊背步履轻快的走路方式，看起来就像随时要离开这个小房间一样。

　　"对了，在大堂分开之后，你直接回房了吗？"

　　以瞳的性格，这会儿才换衣服有些不可思议，筒井于是这样问道。

　　"我刚回来。"

　　"刚回来？你去哪儿了？"

　　"楼上的酒吧。"

　　"楼上的酒吧？"

　　"是啊。你看，好不容易能穿得这么时髦，直接回房间多可惜呀。所以，我就优雅地去了顶层的酒吧，喝了些干马天尼之类的。"

　　筒井翻了个身，一边松动脖子上的领带，一边苦笑着问："你一个人去的？"

　　"是啊，一个人。是不是很帅气？穿着礼服的女人，独自在酒店楼上喝酒。"

"是吗？"

"当然。假如是你，身边有这样的女人，你也会留神看看吧？"

"那也要看对方是谁。"

筒井没有起身，直接解下领带，当他正准备把领带扔向窗边的椅子时，瞳"唰"地伸手抢走领带，挂到了衣架上。筒井想，浴缸里的水差不多也该放好了，于是翻身坐起来，说："我倒还有点没喝够，你要是找我的话我就跟你一起去了。"瞳笑了："不要。系着这种白色领带的男人坐在我旁边，其他人马上就会知道我不过是个刚参加完别人婚礼的女人，神秘的气氛也就没有了呀。"

"有什么神秘的。那结果怎么样？你那神秘的魅力有吸引到一两个男人吗？"

筒井哭笑不得地一边反问一边打开浴室的门。

"那倒是很遗憾，没有。……可能因为神秘过头了。"

浴缸里的水已放得恰到好处。

"对了，楼上的酒吧开到几点？"

筒井一边打开淋浴开关，一边大声询问。瞳的回答声传了过来："应该会开到十二点左右吧？""等会儿想不想再去坐坐？"筒井继续问。自己的声音像是被关在浴室里。没有听到回答，他从浴室里伸出头来，看到瞳正皱着眉头："都换好衣服了，有点麻烦……"

"你一个人去吧？"

"一个人？那好吧。"

筒井说着脱掉袜子。

"不如用客房服务点些葡萄酒来喝？"

瞳说着，一边迅速捡起筒井脱掉的衣服，抬眼看着筒井。

"点葡萄酒吗？"

"是啊。难得今晚只有我们两个人，稍微喝点好酒吧。"

筒井的右脚踩进浴缸，热水出乎意料地有些烫。背后传来瞳的询问："烫不烫？"不知道为什么，筒井却摇头说："没事，不烫。"

最近，文树不再爱听摇篮曲，而是喜欢缠着人讲故事。只要是以"很久、很久以前"作为开头的故事，无论什么内容都无所谓，筒井每天晚上被缠着讲故事，渐渐地已经把自己知道的故事讲得差不多了。而文树，明明故事还没听完就睡着了，可只要讲过一次的内容就会牢牢记住，"很久、很久以前，在某个地方，有一对善良的老爷爷和老奶奶，恩爱地生活在一起。有一天老奶奶正在河边洗衣服……"，说到这里，文树就提前开始问："桃子？柿子？"如果顺水漂来的是桃子，那就是"桃太郎"的故事，如果漂来的是柿子，那么就是会出现一条白色小狗的"开花爷爷"的故事，他都记得清清楚楚。

"……到了那孩子的年纪，大家都是这样。亚里沙的妈妈也是，能讲的故事全讲完了，买了好些绘本在学习呢。"

瞳仍然用浴巾包着濡湿的头发，她拿起一块奶酪。两人在窗边的椅子上面对面坐着，已经喝到第三杯酒。用客房服务点的白葡萄酒冰得很透，一起点的奶酪味道也不坏。

"说到传说故事，在讲故事的时候，你会不会莫名觉得有点难过？"

正准备把杯子送到嘴边的瞳，忽然停住握着杯子的手，盯着筒井问道。

"因为结局很残酷吗？"

"唔……不光是结局，怎么说呢，故事里用到的那些词句，有没有觉得它们给人一种忧伤的感觉？"

"所有的词句？"

"对。所有的词句。"

瞳点了点头，终于把手中的葡萄酒一饮而尽。

自己家的房子决计算不上宽敞，但在这狭小的酒店房间里相对而坐，筒井对瞳的存在有了切身的体会。也许是因为酒店房间为了多少显得宽敞一点，杯子、电视机、台灯、椅子这类物件都比一般要来得更小一些。房间里的东西变小了，人的身体就会被放大。

不知何时，旁边办公楼里的灯光都熄灭了。玻璃窗上映出两人的身影，对面的窗又映照出整个房间的样子，看起来仿佛两个人正在这个房间和对面大楼之间相连的空间里举杯对饮。

筒井看着窗玻璃上映出的自己，心中默念："很久、很久以前，在某个地方，有一对善良的老爷爷和老奶奶，恩爱地生活在一起。"这么一来，确实像瞳刚才说的，仿佛从这一字一句里觉出了一丝伤感。究竟，是"很久、很久以前"让人悲伤，还是"在某个地方"让人心酸，抑或是"善良的老爷爷和老奶奶"让人百感交集，还是"恩爱地生活在一起"这一句让讲述者感到心里空落落的呢？筒井不知道，只是——他不是没有这种感觉——所有的词句都是抽象的，如同自己编造了一个拙劣的谎言。

"你知道你讲过的故事里，文树最喜欢哪个吗？"

也许是有些醉了，瞳说着摇摇晃晃走到门口，从小冰箱里拿出一瓶矿泉水。

"嗯？哪个？"

"狼少年的故事。"

"狼少年？"筒井问。

"就是好几次撒谎说'狼来了'的少年，等到狼真的来了没人理睬他的故事……"

"啊，这个故事不叫'狼少年'，应该叫'牧羊人的恶作剧'。"

"是吗，原来如此。原来标题是这个。"

"应该是吧。岩波文库的《伊索寓言》里有这一篇。"

"你还看过这种书?"

"跟亚里沙的妈妈一样嘛。我如果不学习也会不够用的呀……不过,文树这孩子,喜欢这种故事?"

"好像喜欢。我问他'为什么最喜欢这个故事',他说'因为故事里有很多羊'……"

瞳拿来矿泉水,重重地坐下,像要把椅子弄折似的。

"那孩子总是不肯睡,羊明明只是配角,他却要给每一只起名字,还要说它们分别是什么性格。"

筒井看着瞳倒进玻璃杯里的矿泉水,也许是喝多了甜口的葡萄酒感觉口渴,那透明的水看起来无比美味。

"……差不多了,我想睡了。"

筒井如此宣言,站了起来,喝完瓶子里剩余的矿泉水。果然是渴了,他咕嘟咕嘟一下子喝光了水。

筒井想上床躺着,正当他把紧紧塞在床垫下的床单拉出来时,瞳说话了:"我们来模仿狼少年吧?""什么?什么叫模仿狼少年?"筒井反问,一边钻进刚刚拉出来的被单。

"就是彼此向对方说谎。"

"为什么？"

"什么为什么……就是玩玩嘛，玩玩。"

筒井拍打着柔软的羽毛枕头，不理会瞳。

"……我们每人向对方说一个谎。绝对只能说谎话。……对了，要有个什么规则就好了……啊，对了，刚才你说的，那个，什么来着？不要被偏见所左右什么什么的……"

筒井枕在刚刚用拳头捶打得松软的羽毛枕头上，一边反问："高级？"

"啊，对对，就是这个。……就用它来当规则吧。"

"什么意思，什么叫用它来当规则？"

"如果没有偏见，就是无关紧要的事，因为有了偏见才会变得无法原谅——就是这种谎话，我们互相说这种谎话。"

"为什么？"

"就是玩玩嘛！游戏，是游戏！"

筒井瞥了瞳一眼，随即把床单拉到肩膀的位置，态度冷淡地说："……无聊。"接着他粗暴地拉动床单。凉凉的床单碰上了因为酒而变得火热的脸颊。

"先别睡嘛……说说话，说说话嘛。"

看来瞳真的喝醉了。她从椅子上站起来，把屁股挪到床上，就像每天晚上来找筒井讲故事的文树一样，"喂，喂"地摇晃着筒井的肩膀。

"……专程远道而来，太感谢了。能见到你们真是太好了。他啊，总是跟我说起您和您夫人的事呢。"

花原在休息室里向新娘介绍筒井时，新娘隆子稍微有些脸红地这样说。筒井和瞳不好意思地问起："都说我们什么了？问这种问题还挺让人紧张的。"她说："说想要成为像你们那样的夫妻。想成为无论什么时候都能好好交谈的夫妻。……说和你们两人认识了以后，他才第一次有了结婚真好的想法。"

瞳不顾筒井已经翻身背对自己，仍然摇晃着他的肩膀。筒井也不耐烦了起来："……好了好了。玩就是了。真烦人。"他翻身面对瞳。

"真的？那，那你先进攻吧。但是，绝对只能说谎话哦。明白了吗？你可以吗？"

面对终于答应自己的筒井，瞳用甜美的声音

说道。

"嗯，知道了。可这是游戏吧？怎么才算赢呢？"

"啊，是吗……是哦。那，只要造成的攻击比对方更强，就算是赢了。"

"那要怎么判断？"

"这种事，互相看看对方的脸就知道了吧？要知道，我们可是新婚夫妇眼中的模范夫妻呢。"

瞳的语气像在开玩笑，她说完便对自己的话笑出了声。和筒井所感受到的开心一样，毫无疑问，瞳也为花原夫妇今晚的款待感到十分高兴。

"你准备好了吧？我要说谎了。"

听到筒井不耐烦的语气，瞳说"啊，等一下"，慌忙从床上回到窗边的椅子上。两个人之间，有了一段既不算近，也不算远的距离。

"好了吗？"

"好了。"

"……我啊，年轻的时候，曾经跟男人同居过。对方是个同性恋酒吧的妈妈桑，他养了我一阵子。"

谎话这东西，只要开口，要多少有多少。能让对方惊讶不已的胡编乱造，就是要多少有多少。

起初，瞳愣了一下。当筒井的谎言唐突地结束后，她像是还等着其他谎言，表情变得十分不安。

"完……说完了。"筒井说道，努力维持表情的平静。

"是谎……是说谎吧。"

刹那间语塞的瞳，也慌忙装出若无其事的样子："啊，对哦，是说谎……"

"是啊，是说谎嘛。"筒井慌忙回答。

"唔……嗯。我知道。"瞳也更慌乱了。

"好了，你……轮到你了。"筒井催促道。

"啊，唔。"瞳也点头。

怕这奇怪的沉默绵延下去，筒井再次催促："快点，轮到你说谎了。"

"……呃，我想想……啊，对了对了。我啊，年轻的时候……"

说到这里，瞳停下了。然后，把目光从盯着自己的筒井身上移开了。

"……我啊，年轻的时候，把自己的身体卖给了一个大叔，只做过一次。是一个连名字也不知道的胖胖的大叔。我想试试看，就做了。"

听到瞳的谎话，筒井差点不假思索地问出："假的吧？"却又慌忙吞下了这话。两人对视了一会儿，瞳渐渐窥视起筒井的脸色："平……平手？""是，是啊。"筒井也点头，不认输地回看瞳的表情。

两人较劲似的互相盯着，过了很长时间，是筒井先垂下视线，翻身背对椅子上的瞳。令人厌恶的沉默持续了一会儿。如果这里是自己家的卧室，感觉还有路可逃，可是在这个连空气也仿佛被压缩的酒店房间里，稍微动一动小指，整个空间都会紧张起来。

"喂，我说的可真的是谎话。"筒井强迫自己用开朗的语气说道。

"我说的也是如假包换的谎话。"背后传来瞳那同样开朗的声音。

"嗯，嗯嗯。"筒井点头，又说，"睡吧。"他把脸藏进冷冷的床单。

瞳收拾桌子的声音从身后传来。那声音停下以后，瞳站起身，向浴室走去。筒井半睁眼睛看着她的背影。

"对了，花原他们什么时候出发来着？蜜月旅行是去夏威夷吧？"

耳边传来瞳那副与往常并无二致的声音。

"后天吧。"筒井也像往常一样回答。

"说了要住几天吗？"

"怎么了？"

"等他们回来，该打个电话道谢呀。"

瞳像是在浴室里开始刷牙，含糊的话语和水声混在一起传来。筒井强迫自己闭上眼睛，努力想早些睡着。

"很久、很久以前，在某个地方，有一对善良的老爷爷和老奶奶，恩爱地生活在一起。"

他在心里重复着这些话，却像幼小的文树般无法入睡。

高速公路休息区

手表，不见了。

忘在某处已经超过十五年的东西，现如今不可能还留在那里，原本就已放弃的事，用自己的眼睛实际确认过之后，仿佛再一次尝到了放弃的感觉。

筒井当时高二，来到日光修学旅行。刚参加工作的巴士导游带领着他们这群连日来睡眠不足、如同梦游患者般的学生，筒井自然也是其中之一。可当大家去看国宝"睡猫"时，他不知怎的离开了队伍。虽然无意间离了群，筒井也没有单独行动，而是坐在阳明门外的长椅上等待大家出来。在等待间隙，他因为闲得无聊摆弄起手表。这是父母买来祝贺自己升入高中的精工表，皮革表带因为汗水而有些变色。

筒井在这里摘下手表，放了下来。确切地说，是把手表放在了长椅后边一块石头的凹陷处。并没有什么特别的理由，只是因为那块石头上凹陷的地方和手表的形状有些相似。筒井看着刚好放在凹陷处的手表，感到非常满足。

就这样，他把手表忘在了那里。也是因为他在那个地方等待了太长时间，不仅忘了自己把手表放在那里，就连遗失手表这件事本身也忘记了，等到筒井发现自己的手腕上没了手表，观光巴士已经离开日光，到达下一个目的地东京。

从那时起，每次买新的手表，筒井都会回忆起被自己遗忘在日光的那块表。因为每隔几年就会想起来一次，他已经忘记了日光东照宫的整体布局，却还牢牢记着自己放置手表的那个地方和岩石凹陷的形状。

"肯定已经不在了。"

无论跟谁提起这段往事，大家都会这么说。

"可是，石头在长椅后边，凹陷也在石头后面。我不觉得有哪个游客会特意去窥探那块石头的后面。"

筒井自己也觉得手表肯定已经丢了。就算游客不会去特意查看，但那个地方是世界遗产，总会有勤劳的清洁工。即便这样想，他的内心某处始终有一丝念头，觉得手表还留在那里。

今天早晨在上班路上冲动地向左转动方向盘时，筒井当然既没有想到日光东照宫，也没有想到手表。"冲动"这个词多少会让人觉得感情热烈，可今天早晨，筒井实际上体会到的是冷静和沉着。转动方向盘的瞬间，他的脑海中浮现出许多想象：公司里因为一名员工失踪而喧哗起来的样子，马上会有人联系家里，妻子接到消息后慌张的样子，还有很快开始后悔的自己。与此同时，筒井从后视镜里看了看后边的车流，抓住时机变换车道，就连接下来准备冲动驶入的首都高速公路的路况都事先进行了确认。

开上首都高速公路，汇入车流中行驶时，筒井自言自语："还说'什么都没想'，所谓的冲动不过是谎话。"

公司第一次打来电话是九点十五分左右。筒井还滞留在首都高速公路的早高峰里，车子正位于三宅坂的立交桥上。如果现在接电话，多少还能编造些借口。虽然脑子里这样想，可牢牢握住方向盘的手却无论如何也无法伸向扔在副驾驶座上的手机。

"我正堵在首都高速公路上。刚上高速的时候还挺空的，可是好像发生了交通事故还是什么……"

明明没接电话，这样的借口却接二连三地涌现。如果像平时一样坐电车去公司，自己一定不会在冲动之下调转方向盘了，这样一想，副驾驶座上不停鸣响的手机铃声听起来像是某种责难。

今天下午，筒井原本要去川崎确认航路。最近他经常带着新人和泉一起去，所以每当要去川崎或木更津的日子，他就不坐电车，改为开车上班。

副驾驶的手机铃声停歇之后，车流忽然开始动了。有那么一会儿，筒井开着收音机，什么也不想。他不变更车道，只是交替踩着油门和刹车，不知不觉开到了箱崎枢纽。公司第二次打来电话就是在这时。这次，握着方向盘的手伸向了副驾驶座，可是好不容易伸出去的手，却切断了手机的电源。

就在这时，"东北高速公路"的文字飞入筒井的眼中。就在这行文字飞入眼帘的瞬间，筒井想道："对了，要决定目的地。"并没有特别想去的地方，但他觉得自己需要一个目的地。会想到以"东北高速公路"为目标，只是因为前边那台车碰巧是仙台车牌。

到达东北高速公路的入口川口枢纽之前，车流时有停顿，但仍算顺畅。筒井在收费站拿了票，再次踩下油门。这时他才留意到车里一直开着广播，于是伸手关了。一旦关掉广播，轮胎在柏油路上的震动就仿佛通过座椅传了上来。他决定把时速保持在一百二十公里，如果靠近了开得慢的车，就从超车道超过去，如果有更快的车从后边接近，就不妨碍对方，让出车道。不可思议的是，筒井觉得自己超过的所有车都是年长的男性在驾驶。相反，所有超过自己的车，都由年轻男性驾驶。当然他没有逐个确认，只是一边超车，一边被其他人超车，一边这样猜想。

让筒井感到不可思议的还有另一件事，尽管自己把车开上了东北高速公路，并没有明确的目的地，但看着不断出现在眼前又被抛到身后的绿色指示牌，

自然而然地 —— 就连自己也没察觉 —— 筒井发现自己准备在那须入口开出高速。

一旦把那里作为目的地，筒井瞬间觉得呼吸也畅快了。从冲动地转动方向盘的那一刻起，在早高峰的首都高速公路，直到前往东北高速公路，自己像是一次都不曾呼吸过。

有太多不得不考虑的问题 —— 有妻子有儿子的社会成员，突然之间没有任何联络就从常轨上消失。自己所做的动作，仅仅是为了切换车道而向左四十五度转动了方向盘而已，这区区四十五度，比自己所认为的拥有更大的意义 —— 这一点筒井还是明白的。

部长和妻子的脸不时闪现，筒井决定在下一个服务区联系他们。但这一次可不是仅仅把方向盘转动四十五度就能做到的了。

从莲田服务区到羽生休息区，从羽生休息区到佐野服务区。距离东京越是遥远，在筒井的耳朵深处，与"打个电话比较好"的声音相比，"就算打电话也没用了"的声音就更加响亮。

如果只是迟到三十分钟，什么借口都好说。如果迟到一小时，也可以好好想想理由。可是，当时间变成三个小时，光是借口已经不够，筒井需要一个"故事"。

脱离常规道路之后已经过了三小时，筒井内心的目的地从那须高原忽然变成了日光。

也许是因为一心思考时间问题，在那之前完全不曾留心过的"日光宇都宫道"这几个字，和十五年前在那里落下手表的记忆一起突然闯入筒井的头脑，怎么也甩不开。

筒井在宇都宫入口开上了"日光宇都宫道"。刚一转动方向盘，他就对那须高原等其他地方失去了兴趣。自己本来就不是因为要去那须高原才会在平日习惯的路上忽然转动方向盘。相反，是因为转动了方向盘，才不得不开往那须高原。

一旦把目的地定位在日光，筒井便不停思考起手表的事来。部长的怒吼也好，妻子的叹息也好，全都听不见了，只一味思考着放在岩石凹陷处的手表。因为出汗，表带的皮革变了颜色。自己在最初的几个月曾经非常爱惜地使用那块手表，一次不小心碰到校舍的墙壁，玻璃表面蹭上了许多伤痕，无论怎么用手指擦拭，已经产生的伤痕都无法消去。一旦弄出这些痕迹，渐渐地，筒井在使用它的时候也不那么爱惜了。可是无论他怎样粗暴地对待那块手表，手表的指针依然如常转动。

到了日光出口附近，毫无预兆的，筒井忽然一阵恶心。他慌忙转动方向盘，把车子开进差点就要错过的服务区。

在停车场里停好车子，筒井踢开车门飞奔到外面。虽然洗手间就在眼前，却来不及了。幸运的是这个服务区因为靠近高速公路的出口，几乎没停什么车，空旷的停车场地面上只有白线，飞散着筒井的呕吐物。筒井感到嘴里有早上吃下去的橘子酱的味道，鼻腔深处残留着红茶的气味。

筒井在服务区的小商店里买了两瓶矿泉水，用其中一瓶漱了好几次口，又喝光了另一瓶。回到车里放下座椅，他打开车窗开始抽烟，吐出来的烟雾从窗户飘散到空中。蓝天上一丝云彩也没有，盯着看久了，天空像是会掉下来一样。

筒井刚刚升入高中时，有一次不记得是去哪儿了，他和父亲两人就像这样在高速公路的休息区休息。父亲把驾驶座的座椅放倒，和现在的自己一样向窗外吐着烟。

"你不要贪心，先尽力把眼前能做到的事情做好。"

父亲忽然这样说。筒井一瞬间不明白父亲在说什么，目光转向随意躺在座椅上的父亲那皱起的眉头。

"像你这样，一会儿要干这个，一会儿要做那个，很多事情开了个头，最后没过多久就都厌倦了。你这样什么都干不成。"

父亲继续说。话说到这里，筒井终于听明白了，父亲是在说留学的事。大概两周前，筒井对父亲说，自己想去美国的高中留学一年。一瞬间，筒井看到父亲的眼里闪过一线光。那目光仿佛是对自己的鼓励，他向父亲详细地说明起来：需要什么手续，自己留学是否可行。

"当然这不是什么值得骄傲的事，但你也知道，我的英语成绩不好，我是绝对没办法去参加县里的交换留学的。况且一年只有五个人，又不是市里选拔，是县里的选拔[1]，所以肯定没希望。这么一来，就只能自费留学了，所以我查了很多资料，我大概能去的学校，在纽约州的话是……"

筒井一边说，一边用手指着留学指南。父亲马上把那本指南抢到手里，像是自己要去留学一样，开始翻阅这本颇有些厚度的杂志，脸上满是期待。杂志上刊载着红叶簇拥下的波士顿的高中照片，或是建造在宽阔草地上的洛杉矶的高中照片，仿佛在回应父亲期待的表情。

"寄宿家庭的话，东京有事务所，可以帮忙好好寻找。"

筒井在翻动书页的父亲身旁插话。

从小学时起，无论是练字、绘画，还是游泳，只要自己说想做，父亲都会答应。与之相对的是，父亲不给自己零花钱用来购买当时流行的游戏等等，"那种事情要集中起来一次做个够。"——父亲会在中元节假期旅行时的旅馆里允许筒井彻夜甚至接连几天玩游戏，玩到厌倦为止。

---

[1] 日本的行政区划中，县比市的级别更高。

这样的父亲，当儿子提出想要留学时，就算会感到惊讶应该也不会反对。

可是，翻到留学杂志末尾的费用表那一刻，父亲脸上蒙上了一层阴云。当然，已是高中生的筒井对自己家的生活水平还是有一定认识的。自己家并不像清水家那样在市里拥有好几栋出租房，可是，也并不像市田家那样要被迫中断高中的学业。

父亲已经扔开了杂志。筒井想出声说点什么，却找不到合适的词。

留学需要的两百万日元不是什么小钱，这一点筒井明白。但是，对养大自己的家庭来说，也并不是一笔大到会让父亲不得不如此轻易就放弃的钱。假如父亲能够稍微为之苦恼——哪怕只有片刻，只有五秒也好，筒井也不至于受到这样大的打击。在父亲扔开杂志、走出房间之后，筒井忽然被一股不可捉摸的恐惧所袭击。他出生以来第一次体会到这种感觉——自己只能无条件地放弃希望。

"如果你真的想留学，就好好考进日本的大学，之后再做考虑吧。"

在不知道前往何处时路过的休息区，父亲这样对筒井说。筒井与其说不愿再聊留学的事，倒不如说已经不愿再看到对留学发表见解的父亲，他点头简短地回答："嗯。知道了。"

筒井开下高速公路到达日光东照宫时，时间刚过午后两点半。因为是工作日，停车场不怎么拥挤，但仍然停了几辆搭载旅行团的巴士，通往阳明门的碎石子路上有来自世界各地的旅行者的身影。

筒井买了进入东照宫的门票，径直向阳明门走去。他越过行动迟缓的旅行团，快步登上石阶。明明已经是十五年前的事了，心情却像是刚刚走下这个石阶似的。

登上石阶后，能看到更高处的阳明门。有几个游客正在以门为背景拍照。筒井看向门的左边，长椅没有了，以前见过的那块大石头却还在。

筒井踩着沙砾跑近那块石头。当他跑到跟前，准备转去看石头后面的瞬间，他忽然想到了什么似的停下脚步，随后，他在原地闭上眼睛，想："如果手表还在——虽然肯定已经不在了——但假如那块手表还在，我会真的、真的，抛掉一切，就这样逃到某个地方去。"

此刻，筒井面前是一台巨大的古老座钟。

从刚才开始，筒井就一直盯着它看，就像盯着平静的大海，看多久也不会厌倦。

从东照宫的停车场把车开出来，眼前就是这个"日光金谷酒店"的招牌。不可能还在的手表确实不在了，筒井并没有为此事感到气馁，但不可能会在的手表，果真不在那里，这使得东京——自己逃离的东京——仿佛也更远了。他想在特产店旁的咖啡厅里喝杯咖啡，可是无论哪家店看起来都无法端出美味的咖啡，筒井放弃这个念头，回到车上。

日光金谷酒店修筑在陡峭的坡道上方。这里是度假胜地里传统式酒店的典型代表，酒店被郁郁葱葱的森林所包围，充满了悠闲的气氛，这里的一天仿佛是一年。

筒井停车来到大堂，带着几分怯懦走向休息区。休息区里排列着舒适的沙发，窗外是一片青翠欲滴的森林。这里除了筒井之外，还有一对低声用法语对话的老夫妇，以及一对没有交谈、只是眺望窗外景色的白人男女。

筒井随意选了一张沙发坐下，在沙发前不远处，有一个大大的座钟，看起来很有一点年头，外壳被细致地擦亮，闪着光泽。

座钟的指针已经走过五点。原本在这时，筒井应该已经完成了公司里的事务性工作，正带着和泉前往川崎的港湾事务所。

从口袋里掏出手机，筒井战战兢兢地打开电源。总觉得打开电源的瞬间就会响起铃声，幸运的是，铃声并没有响起。当然，有曾经预想过的留言通知。筒井大大地喘了一口气，把手机放到耳边开始听留言。

一共有二十六条留言。自己这种平凡的公司职员，无故缺勤时一天会收到二十六条留言——筒井像是在想与自己无关的事。

从第一条到第七条留言，都是部长或和泉等公司同事打来的。有人用开玩笑般的语气说："筒——井——，你消失到哪里去了？"也有人用非常严肃的声音说："无论如何，请回个电话。"

从第八条到第十条留言，是接连不断的无声电话，间隔差不多都在一分钟左右，这无声电话是妻子打来的。对于突然消失的丈夫，她一定也找不到什么可以说的话吧。就像突然消失的丈夫，现在也找不到合适的话对妻子说一样。

无声电话之后，又是公司打来的电话。只是，在一个确认筒井是否平安的电话之后，忽然加进了急事："找不到久世产业的资料，请联系一下我们吧。"

在这种内容的联络之后，终于传来了妻子瞳的声音。

"……你还好吗？"

瞳只小声说了这一句话。

事实上，筒井确实需要理由。就这样直接回家也好，回公司也好，都需要能让大家接受的理由。只是做了和往常不一样的行动，最多也就八个小时，可如果找不到一个故事来说明此前的人生，不，是今后的人生，好像就再也不能回到原先的地方了。

自己度过了什么样的少年时代，怀着怎样的心情与带着一岁半的孩子的瞳结婚，又为何而工作，如果不一一详加说明，一定无法回到原来的地方。

只是，筒井越是这样想，就越是觉得自己什么都没有——能让大家接受的回忆也好，能让妻子接受的夫妇之间的问题也好，对公司的不满也好。

当然，筒井偶尔会和妻子争吵。而且自然，只要工作，就会遇到些让人胃绞痛的事。只是今天早上忽然转动方向盘这事，并不是出于这些琐碎的理由，怎么说呢，是因为一些更大的什么，一些大到用语言无法表达的，巨大的东西。

筒井把手机放进口袋，转而看着眼前那古旧的座钟。嘀嗒嘀嗒，嘀嗒嘀嗒，钟摆有规律地运动，眼看着像要掉下来，又像是会缓缓停下。只是它既不会掉落，也不会停止。只是嘀嗒、嘀嗒、嘀嗒、嘀嗒，默默镌刻着时间。

不知这样坐了多久，等筒井回过神来，窗外的天已经完全黑了。刚才还坐在窗边沙发上的年轻白人男女也好，用法语交谈的老夫妇也好，都已不见踪影。二楼餐厅已经开始营业，也许大家正在铺着白色麻布的餐桌边吃晚餐。只有筒井，还在无人的休息区里听着钟摆的声音。

筒井从口袋里掏出手机，指尖踌躇了许久，终于按下妻子的手机号码。

几乎没有响铃，手机就被接通了。从电话的另一头传来了凝神屏气的气氛。

"……喂。"

筒井的声音十分平静。

"……嗯。"

瞳也用平静的声音回复。

"对不起。"筒井道歉。他知道这不是道歉就能解决的问题，但如果不道歉，就找不到下一句该说的话。

"……啊，文树他说，今天在幼儿园吃了黄瓜。"

"……对不起，我这就回家。"筒井说。

先道过歉——其实我是突然不想去公司，或者，我忽然想去个远一点的地方——这种像谎言又像真话的借口要多少有多少，眼看着就要脱口而出。可是，在空无一人的安静的休息区，筒井不愿说出这种半真半假的借口。

"……你还好吗？"

瞳的声音很冷静。一瞬间，筒井仿佛听不懂对方想问自己什么，他几乎要大声反问："什么？"

沉默持续了片刻，瞳再次冷静地询问："你没事吧？"

筒井把电话放在耳旁点了点头。明明看不见点头的筒井，瞳却回答："我会等你的。"

"我现在在日光。在日光的金谷酒店。"筒井坦白道。

"……对了，我以前也跟你说过吧？高中修学旅行的时候，我把手表丢了……我总觉得它现在还在那里。"

瞳安静地听着筒井说话。

"……然后，刚才我去看过了……真的不在了。……不在了。"

时钟刚好指向七点，座钟发出"当"一声低响，平静的钟声在无人的休息区扩散开来。

"……我会回去。再给我三十分钟，我在这里发会儿呆就回去。我在酒店的休息区呢。这里有个很大的座钟，不知道为什么能让人平静下来。"

筒井等座钟的声音停住后这样说道。

挂断电话，他点燃香烟。休息区的照明映在玻璃上，就像是森林中亮起了灯火。

十分钟后，一个酒店经理模样的五十岁左右的男性来到休息区。自己分明不是住客，却长时间待在这里，对方一定感到不对劲了吧。筒井急忙想从沙发上站起来，对方这时说道："请问是筒井先生吗？"

男性笔挺的站姿流露出长年以来照料这家酒店的气派，没有丝毫的压迫感。

突然被叫到名字，筒井慌忙点头。

"刚才，您的夫人打来电话。今晚我们为您准备了房间，方便的话，我来为您引路。"

老绅士说完露出了微笑。

"我妻子？"

听到这意想不到的话，准备起身的筒井又坐回沙发里。

"是的。您夫人刚刚打来电话，她请我们转告您，'难得去一次日光，就住一夜吧，不用急着回来。'"

筒井从沙发上站起来，在老绅士微笑的引导下，走向妻子为自己订好的房间。

乐园

只要列车的运行时间没有因为意外事故或坏天气而发生变化，从东京站出发的快速电车总是会在十八点五十二分到达新宿站。从周一到周五，每周五天，但凡不用临时加班或没有特别的事，我总是会搭这班电车回家。

　　"喂，在你心里，乐园是什么样的？"

　　她是一个平静地问出这般古怪问题的女孩。我是否应该一本正经地回答？可是看看那张若无其事的脸，上面什么都没有写。

　　"乐园。感觉这个词一说出口就挺不好意思的。"

　　"为什么？有什么好害羞的？"

　　"倒也不是害羞……"

"既然不害羞，那就给我描述一下你脑海里的乐园嘛。"

和她在一起，我有时会觉得自己被耍得团团转。

虽然这只是我毫无根据的妄想，但这感觉总令我万分焦躁，与此同时，其中也有一种令我莫名屈从的力量。

"乐园啊……嗯，首先要有椰子树吧。白色的沙滩上有高高的椰子树，树荫下摆放着坐起来很舒服的椅子。椅背上搭着刚洗干净的浴巾，海浪冲刷到我的脚旁……"

"很抱歉打断你，可是你的乐园很老套啊，真让人意外。"

"怎么能说别人老套嘛，人家好不容易想认认真真回答你。"

"啊，抱歉抱歉，你继续。"

"我不说了。"

"好了，来嘛，继续说吧。然后呢？从那儿能看见什么？"

"什么都看不见。"

"别生气嘛。快说说，能看见什么？"

"看见什么？在沙滩上，当然是看见海。"

"什么样的海？"

"就是……就是那种随处都有的老套的海。湛蓝色的……"

"湛蓝色的？"

"湛蓝色的……只有到水平线边缘的位置颜色才会变深。"

"你看，这不是能看见嘛。海上有没有漂着什么？"

"海上？没有……啊，不对，漂着呢，是帆船。降下风帆的白色帆船在远处缓慢航行。海滩上有巨大的岩石，海浪被岩石撞碎，那节奏与远处帆船航行的速度完全合不上，该怎么形容呢？就像正在同时度过两种时间一样。"

"同时度过两种时间？你的乐园，听起来感觉越来越不错了嘛。"

"是、是吗？然后我闭上眼睛，听见椰子树的树叶被风吹动……"

"听起来像雨声一样，对吧？"

"对！你怎么知道的？听起来真的像雨声一样。"

"就这么发着呆，你渐渐感到厌倦，开始在海滩上漫步。"

"才不会厌倦呢。我要一直待到太阳下山。"

"别管那么多，总之你就是在沙滩上漫步起来，赤脚走在被海浪浸湿的沙滩上。"

"赤脚吗？应该很舒服吧。海水凉凉的……"

"喂，你看那边是不是埋着什么？"

"什么？哪边？"

"你的脚下啊。"

"什么也没有啊……"

"你想象一下嘛。如果是你，会觉得那里埋的是什么？"

"埋的是什么呢……"

新宿站西口向都厅方向延伸的长长的地下通道里，为了不让流浪汉用纸箱搭成简易小屋在此栖身，道路两旁设置了粗糙的雕塑，雕塑上已经斑驳的涂料让行人的心情也变得晦暗。一直到几年前，仍有大批流浪者栖居在这条地下通道，盛夏时节他们身上散发的臭气让人即使加快脚步通过这里，在终于来到地面时胃里仍然会翻江倒海。

这个时间段，人们像是从新都心的高层办公楼里被吐出来似的经由这条通道向车站走去。我逆流而上，像鲑鱼游向河流的上游一般在地下通道里逆向而行。蜂拥而来的人潮假如算是一个世界，那么这个世界总是显得不太愉快，莫名焦虑，并且沉默无声。我每天在这里会和多少人擦肩而过呢？总有几百个，不，有时候应该会超过一千个人吧。这庞大的沉默。庞大的不愉快。

此刻我一边走，一边不经意地回忆起她家的浴室——因为刚刚与我擦肩而过的女性留着一头黑色长发，身后留下了甜甜的椰子香气——她浴室里平时成排摆放的香皂是什么牌子的？好像是法国制造的香皂，只是用手拿起那些还包在厚纸里没有拆封的香皂，酸酸的气味就会在指尖萦绕不去。

穿过地下通道，眼前矗立的是都厅大楼和凯悦酒店。道路两旁的树木和建筑物相比显得十分低矮。路上行人和这些树相比就更显得矮小了。脚边有随地乱扔的烟头，折成〈字形。原想踩上一脚，可是它一瞬间看起来仿佛是个小人，我于是慌忙收回了脚。——对了。她用的品牌是欧舒丹。欧舒丹。听过好几次却始终无法记住的香皂名称，此刻忽然毫不费力地想起来了。

　　道路朝新宿中央公园的方向笔直延伸。假如我向迎面走来的穿西装的年轻男性搭话，"昨天也在这儿碰见你了"，他会做出什么样的回答呢？"是吗？""那又怎么样？""关你什么事？"……一定会把我当成一个怪人吧？可对方只会这么想想，并不会当面说出"你可真是个怪人"。——话说，刚才离开公司前，上司工藤叫住我："一起去喝一杯吗？"

　　"今天累了。"

　　我如此说道，用最拙劣的方式拒绝了对方，自己也觉得这说法不太礼貌，于是在通往新宿的电车里百般思考拒绝时该说的话。就像制作银质餐具的手艺人在调整成品的形状一样，为了让表面平整，为了修正凸起和歪斜之处而无数次地用锤子敲击，雕琢出平整的形状——校平[1]。这项工作的确应该是叫作校平。可是我怎么会知道这个词呢？是从电视纪录片里看到的，还是在什么杂志上偶然看到的？

---

[1]　法语 planage，使器物表面平整的工序。

道路从左转过希尔顿酒店开始变成了平缓的坡道。下坡会路过熊野神社，周围一下子暗下来。不过坡道上有一个地方并排摆放着四台自动售货机，只有那个地方总是明亮得如同白昼。我每天晚上都会在这里买一罐啤酒。买完啤酒我就会觉得，这么一来，今天终于结束了。可我仅仅是这样想一想，并不会觉得伤感，也不会感到焦虑。

"念小学的时候，我被班里的同学排挤过。"

她忽然说起这些，也是在这儿买罐装啤酒的时候。她说这些话时声音很轻，唯独罐装啤酒从自动售货机里咕咚一下掉出来的声音很沉重。

"我完全不知道是因为什么被排挤，总之就是从某天开始大家都不跟我说话了。"

"一定是因为你太可爱了，所以被其他女孩子嫉妒，不是吗？"

我一边从自动售货机下取出啤酒一边这样答道，背后传来她的低声呢喃："我就是喜欢你这一点。"我则在心里默默回答："而我就是讨厌自己这一点。"——我仍记得这些。

她一路上继续说着这件事。就连曾经关系很好的智子，只要她一凑近也会立刻逃开。

"……我对那些说不清道不明的日子感到很气愤。我啊，报复了那些人。"

"报复？"

"对，报复。学校供餐时不是有吃饭的勺子嘛。我在其他人用勺子之前，把所有人的勺子都舔了一遍。"

"为什么？"

"什么为什么……就是报仇嘛。可是一个班里差不多有四十个学生吧，我舔到一半下巴就开始疼了，舌头也肿了，可难受了。"

在准备好配餐的无人的教室里，女孩从最前面的座位开始舔同班同学的勺子。长长的辫子在脑后晃动，她拼命地挨个舔着勺子。冰冷的勺子在少女红色的舌头上变得温热。

最后，班里的同学好像谁也没有留意到她的复仇。她带着胜利的自豪感，看着同学们用自己舔过的勺子香甜地吃着奶油炖菜。

我并不会当场喝掉从自动售货机里买来的啤酒。

在寒冷的冬夜，我会把它装进粗呢短大衣的口袋，而在走几步就汗流浃背的炎热的夏天夜晚，我会把凉凉的易拉罐贴在火热的脸颊和额头上，走回公寓。穿过熊野神社前的人行横道，走进便当店旁狭窄的小巷直到尽头，就是我居住的公寓，距离新宿站步行十八分钟。我早晚来回车站时不经意间回忆起她的次数，最近已经变少了。有时是好多次想起同样的情景，有时则会倏忽想起一些她曾说过而我早已忘记的话。以前那些她突如其来而我答不上来的提问，现在我也能想出一些风趣的回答了。

"你说，那里埋了什么？"
"哪里？"
"你脚下啊。"

沿着旧公寓外的台阶上楼，我打开距离楼梯最近的那扇门。一周五次。如此往复。有时漆黑一片的房间里电话机会闪着留言的指示灯。是她留下的信息吗？我至今还会这样期待。

她去度过与我不同的时间，仅仅过了两年。如果我的时间是有规律地拍打着礁石的海浪，那么她的时间就是渐渐消失在遥远海平面上的白色帆船。

"……该怎么形容呢？就像正在同时度过两种时间一样。"

"同时度过两种时间？你的乐园，听起来感觉越来越不错了嘛。"

我一般十九点十分回到公寓。只要列车的运行时间没有像那天一样因为意外事故或者坏天气而发生变化。

为爱起誓

筒井向正在玄关穿高跟鞋的妻子瞳伸出手，"咦，真是稀奇。"瞳一边夸张地做出惊讶的样子，一边握住他的手。筒井原打算举止自然地伸手，动作中却掺杂了一些愧疚。

"文树！爸爸妈妈出去一下。今天外婆也不在家，你去参加社团活动的时候要锁好门。"

瞳双手叉腰，对二楼的儿子大声喊道。

"你是啦啦队的队员吗？"筒井苦笑。

文树穿着内裤啪嗒啪嗒跑下楼梯。

"我的饭呢？"

"厨房里有鸡肉饭。"

"什么？鸡肉饭？应该是蛋包饭吧。"

"看了你昨天的成绩表，我已经没有心情用番茄酱画爱心了。"

筒井把母子俩毫无意义的对话抛在身后，走出玄关。房子盖在略高的山丘上，一出玄关就能看到沐浴着阳光的住宅街。大晴天的周日，从电车站开来的巴士也沐浴在阳光中闪闪发亮。

"不过妈妈，你们这是去哪儿？"

"去参加婚礼。"

"啊，是吗，真奈美的婚礼对吧？替我说声'恭喜'。"

门口的名牌有点歪了。筒井听着两人的对话，摆正木制的名牌。

前几天，筒井一进阎魔的店，对方便迎了出来，说："哎呀，看起来心情不错嘛。发生什么好事了？"筒井从新宿三丁目站穿过地下通道，像往常一样步行到店里——可他的确留意到了，自己那天的脚步格外轻快。

"啊，对了。是的，的确有好事。"筒井笑了。

今天早上，公司里传来了好消息。部下青木负责的一个大策划，从客户——一家大型连锁便利店——那里收到了执行的通知。

"青木，是那个东北出身的初级相扑手？"

"对对，就是那个青木。只不过他既不是东北出身也不是相扑手。"

"哎呀，不是挺好的嘛。那种眼神闪闪发亮的孩子中间果然没有坏孩子。"

一个美人坐在一旁，属于那种目光不经意扫过后让人想再次细看的美人。

"你好。"筒井打了招呼。

"真希今天也有好事哦。真是的，你们这些人尽遇上好事。"阎魔马上贴了过来。

"没什么，不算什么好事……"

她谦虚地说道，脸庞却浮现开心的笑容，那笑容让筒井也不禁开心起来："总之，总之大家先干个杯吧。"筒井与她碰杯。

这时，阎魔也插了进来："哎呀，我以前不是就说过吗，那孩子总有一天会脱胎换骨。"

"青木？有这回事？"筒井问。

"你第一次带他来的时候我就说了呀。你说他'派不上用场'之类的。"

"不是我说的，是他上一个部门的人说的。我啊，接手了这个青木，真把他当成自己的孩子在培养呢。"

听了筒井的这番话，阎魔大吃一惊："咦？"

"怎、怎么？"

"你，你比我还要年轻很多吧？"

"是啊。"

"那你是年纪比我小的男人。"

"没错。"

"比我小的男人＝年轻人，不是吗？"

"嗯，没错。"

"我刚才忽然想到，我所说的'比我小的男人'，已经不年轻了。"

话说到这儿，阎魔"嗯"了一声，仿佛深刻领会了什么，向店里正在包厢座喧哗的客人们走去。

"这是什么意思？"筒井苦笑，真希也笑了："因为阎魔这个人，总觉得自己不会上年纪。"

"我们已经认识二十多年了，我增加的年纪，他也会增加。他那个人，一旦说到对自己不利的事，就会捂住耳朵'啊——'地尖叫。没听见的事就当作不存在，他是真这么想的。"

听完筒井的话，真希扬声笑起来："你几岁了？"

筒井说了自己的年龄。

真希大吃一惊："咦！我和你是同一学年的。"

"啊？"

筒井才更为惊讶，虽然这么说有点夸张，但他真以为对方比自己小一轮之多。他瞥了一眼，对方也戴着结婚戒指。

酒吧深处包厢里的客人像是来自音乐圈，其中有一个人擅长 B-BOX，阎魔正和着有些摇滚的节奏唱着《越过天城》。

筒井再度开始造访阎魔的店是在几年前。虽然已经是二十多年前的事了，但还是青年的筒井曾经一度靠阎魔养活。那个时代无论是日本的景气，还是阎魔的经济状况，都还相当不错。

想来不可思议，筒井几乎已失去当时的记忆。就像童年时代的记忆变得暧昧一样，那部分记忆消失了。筒井不经意地想，也许当时，自己的体温还像孩子一样。当然身体已经是成年人了，可只有体温，仍然像个孩子。

离开阎魔的家，并不是出于什么理由。相反，他因为没有离开的理由而感到害怕，因为想快点离开而感到焦灼。

那之后过了二十多年，筒井再次开始造访阎魔的店，是因为一次偶然。

文树刚上中学时得了急性肾炎，幸运的是没有发展成大病，只为了治疗和观察而住院三周。

他是个连感冒都不曾得过一次的孩子，正因为如此，文树虚弱地躺在医院病床上的样子，筒井至今历历在目。

文树是瞳带来的孩子。文树三岁时，筒井和瞳结婚了。他一直把文树当作自己的孩子来养育。可是这次住院让他发现，之前的那些只是嘴上说说而已。此时的筒井常想，自己愿意代替文树去死。

文树住院期间，筒井每天下班都会去看望他。文树一天天逐渐康复，开始因为住院无聊耍起了小性子，闹得筒井也不得安生。就在这时，某天筒井偶然路过了挂着阎魔本名的病房，就在文树住院的小儿科楼下，只有那层楼的自动售货机里才有宝矿力。

发现名牌的瞬间，筒井不知怎的从那里逃开了。

虽然也有可能是同名同姓，可他觉得阎魔马上就会从病房里突然出现，用响彻整个医院的声音向自己搭话："哎呀，你在这儿干什么呢！"这样一来不光自己，就连文树也会被医院的工作人员戴着有色眼镜看待了。

可是下一个瞬间，准备逃离的双脚停住了。

筒井眼前浮现阎魔在四人病房里的样子。当然，其他三个人的名牌都是男性的名字。阎魔也会生病啊——他想起这理所当然的事。

筒井转身回去，推开了门。在他的想象中，衰老的阎魔躺在照得到阳光的窗边的病床上，而事实上，阎魔在靠近门这一边的病床上坐着，正戴着耳机收看小型电视机。不仅如此，他像在看综艺节目，脸上是大笑过后的憨相。

筒井问："还记得我吗？"阎魔维持着脸上的憨相点头说道："记得。"他接下来所说的第一句话就是在担心筒井，"怎么了？你的身体有什么不好吗？"

阎魔是因为感冒引发了肺炎。

当阎魔陪完包厢座里的客人们回到吧台时，筒井正陪着真希讨论"如果有两兆日元要用来干什么"这种孩子气的话题。之所以是两兆日元，是因为两人读到了软银公司的孙社长向夫人赠送了两兆日元这个八卦新闻。

如果把两兆日元存在银行，哪怕利率只有1%，每个月也能收到十五亿日元的利息，想到这里，两个人明明都一把年纪了却仍激动得嚷嚷起来："这可怎么办，真没办法，花不完。"

"什么，什么？在说什么呢？两个发生了好事的人，怎么这么热闹。"

看见阎魔被吸引过来，真希仿佛眼前就摆着两兆日元，一本正经地向对方解释。

"如果是阎魔，绝对花不完吧。每个月有十五亿日元呢……十五亿！啊，真难办啊，真难办。"

真希说话的方式很有意思，筒井笑出声来。

"新闻说的是社长的总资产是两兆日元吧？"

阎魔像是也读过这则八卦新闻。

"是吗？是那样吗？但是，无所谓，无所谓，真相怎样都无所谓啦。"真希回答。

"你们啊，说胡话也要有个限度。"阎魔一脸吃惊，可这种胡话却是他最喜欢的。

"我无所谓，就算有两兆日元，也就是过普通的生活。"

"普通指的是什么？"真希问道。

"普通就是普通嘛。睡到中午起床，做好下酒的前菜到店里来，一边招待你们，一边高高兴兴地喝点酒。"

"阎魔，看来你很喜欢这家店嘛。可是如果有两兆日元，就能把金融危机后卖掉的店再买回来了吧？"

面对真希的挑衅，阎魔的私心仿佛有了反应，呼吸粗重了起来："哎呀，还真是这样。要真是这样，我会先把公园后面的房子再买回来。"

"整栋楼都买下来吧？"筒井从旁煽动。

"哎，是啊。"

"阎魔，两兆日元哦，能买下一整栋楼，买下一整条街。"真希也煽动起来。

"唔。"

阎魔来了劲头，像马上就要冲到银行取出两兆日元似的。尽管话题不是他开的头，况且只是酒吧里的闲聊，对话却停不下来，他们一边说话一边喝酒，筒井喝的是樱桃味的镜月兑水，真希喝的是黑雾岛加冰，阎魔不断为他们调这两种酒。

"可是就算我把这条街都买下来，也还是每天做一做小菜，站在这个店里。"

百无聊赖的对话进行了一阵子，阎魔静静地自言自语。在两兆日元这个想象的世界里，他也依然在招待这条街上的居民们，或是继续倾听玛丽内妈妈桑店里女孩子们喋喋不休的抱怨。

"我也开始有这种感觉了。就算有两兆日元，我还是会每天早上化好妆去现在的公司上班。我终究还是喜欢现在的工作。而且，刚开始可能会奢侈些，比如今天去吃'数寄屋桥次郎'，明天去吃'Jöel Robuchon'，但一天终究只能吃三顿饭。再比如，在每天一百万日元的套房里连住一个月，一个月下来也只要三千万日元，还剩下十四亿七千万日元……不知怎么回事，感觉被人愚弄了一样。"

真希像是喝醉了，开始前言不搭后语。

最后，三个人都决定把两兆日元还给孙社长。就在这时，阎魔忽然想起了什么："啊，对了，我得去熟人店里的周年派对露个脸。我请客，你们也来吧。"

阎魔把店交给打工的小诚，三个人朝开派对的酒吧走去。周年派对十分热闹，年轻的店主和年轻的客人们乱哄哄地挤在一起，阎魔也接连不断地开着香槟，彰显了一番威信。

"你为什么会去阎魔的店？"

筒井在热闹无比的酒吧一角询问真希。真希从卡拉OK里选了SEKAI NO OWARI的歌曲，说："第一次是公司同事带我来的，大概三四年前吧。"

"为什么选SEKAI NO OWARI？"筒井惊讶地问道。

"我女儿是他们的粉丝。"

"我儿子也经常听。"

"我也喜欢上了。啊，不知怎么回事，觉得好开心啊。"

因为香槟，也因为年轻人无忧无虑的笑声，筒井在酒吧角落和真希说话，感觉心脏变成了泡沫，唰唰地向上涌。

"的确很开心。"

当真希选的歌曲前奏响起，筒井真诚地这样说道。桌子下面，他把原本触碰着真希大腿的膝盖更用力地往前伸，真希没有抵抗。

阎魔已经找到一个长得像松坂桃李的帅哥，筒井和真希扔下他，离开了一小时。那是个连电梯也没有的大楼，两人在狭窄的楼梯上如同滚动般下了楼。真希搽着味道很甜的香水。

走向车站时，筒井提出邀请："如果可以，要不要一起？"因为实在太开心了。

真希没有说话，也没有抬头。只是走路的方式像是已经决定了要去哪里。

两人快步走向酒店林立的街区。担心沉默会促使对方改变主意，筒井说着一些无聊的话——自动售货机里看到的新品绿茶很好喝，电线柱子每隔三十米会有一个，等等。

两人找到空房间，进了酒店。前台没有人工服务，有选择客房的电子屏。一旦进入酒店，两人之间的紧张感仿佛松弛下来，他们忽然都笑出声来。

看来对方和自己一样，在来时的路上想了很多。

两个人纠缠着进了房间，随即倒在床上，仍然笑个不停。香槟的醉意还残留在身体里，真希说："太好了，都是因为香槟。如果喝烧酒喝醉弄成这样，事后一定会后悔的。"

两人拥抱，接吻，脱掉衣服。

越是笑得厉害，就靠得越近。越是笑得厉害，又越是无法靠近。两个人都明白，此事仅限今夜。

是她先坐起来，用床单裹着身体走向浴室。

"你要走吗？"筒井开口问道，嗓子渴得厉害，声音十分沙哑。

"嗯，我要回家。"

"还有电车吗？"

"我坐出租车回去。你要睡在这里吗？"

"不，我也差不多该回去了。"

趁她洗澡的时候，筒井穿戴整齐。衬衣和领带都因为穿上床而起了褶皱。

等她换好衣服，两人出了房间。

在狭窄的电梯里，筒井问："要不要交换联系方式……"她微笑着说："不用了吧。"

如果自己也没有留恋，会因此觉得对方是个爽快的女人，如果自己怀着留恋，那么这句话还真是残酷。

两人走出几小时前曾纠缠在一起进来的入口，又回到了只有自动售货机和电线杆的马路上。

"啊，对了。"筒井停下脚步。

"……所谓的好事，是什么来着？就是在阎魔店里说的'今天发生了好事'。"

"啊，没什么大不了的。"

"是什么？"

"是说仰泳，我能游过25米了。一直去泳池练习来着。"

"太好了，"筒井说，"……真是一件好事。"

走到大路上，她拦了出租车。

"再见。"她坐上车。

"嗯，再见。"筒井笑着回应。

在驶离的出租车里，她马上打开了手机。穿过人行横道走向马路对面的筒井也打开了手机。

既没有未接来电，也没有短信。和与她相遇前相比没有任何改变。他忽然想，她的手机也是一样吧。

筒井拦不到出租车。已经过了深夜一点，感觉有点没喝够，他又回到阎魔的店里。

店里很热闹。阎魔机灵地将刚才在周年派对的店里遇到的青年带了回来，那青年长得有些像松坂桃李。

"哎呀……"

筒井一进店，阎魔就露出不怀好意的表情。

"怎么？"筒井一边装傻，一边靠在吧台前。

"不过，唯一不算太坏的是你们不是因为寂寞，而是因为开心。"

阎魔忽然说。

"什么？"筒井着急了。

"还以为没露馅呢？站在吧台里，你俩的事情看得可清楚呢。"

阎魔说完转身走向厕所。

音乐响起，观礼的人一同把目光转向背后的门。白色的大门打开，真奈美身穿美丽的婚纱，与热泪盈眶的父亲一起走了过来。

"哇，真奈美，太美了。"

瞳坐在筒井身边，陶醉地喃喃自语。

实际上，筒井也被吸引到了几近失声的程度。那是仿佛白鸟轻盈降落在冬日的湖面般的沉静与美丽。

在欢呼声与掌声中，两人缓缓走向祭坛，真奈美留在那里，父亲离开了。观礼的客人们再次把头转向大门。真奈美的结婚对象优奈，也穿着美丽的婚纱，扶着正在念大学的弟弟的胳膊缓缓走来。

筒井把目光转向正在最前排观礼的双亲。真奈美的双亲当然不用说，在丈夫去世后独自抚养优奈长大成人的母亲也已经忍不住开始哭泣。

"看，妈妈们都哭了。"筒井说。

"那是当然。之前操劳了不少嘛。经历了很多原本不用经历的辛苦，才终于有了今天。那些孩子也是一直都忍住不哭，忍到了今天啊。"

真奈美是瞳的前工作单位的后辈。两人从前就十分投缘，在瞳辞职单干之后也一直保持着联系。

瞳从来没有提过真奈美的性取向。在刚刚买了现在居住的房子时，瞳说："这周六，之前单位的后辈会带女朋友来玩。"来的正是如今两人眼前的真奈美和她的女朋友优奈。

新娘们站在神父面前，掌声停住了。

筒井不经意地看见瞳正在用手帕擦拭眼角。

"没事吧？"筒井问。

"……嗯。"

瞳用拿着手帕的手牢牢攥住了筒井的手。手帕被眼泪浸湿了一点。

"真的很努力啊，这两个人……"

瞳又用手帕压住眼角。

"那你更要认真看着她们。"

筒井拍拍瞳的肩膀，把目光转向祭坛上的两个人。

像这样为他人的新生活而祝福，已经有过好多次。朋友、兄弟姐妹、侄子侄女、公司的部下……每一对新人都很美。真奈美自然也很美。只是，和其他人唯一不同的是，在二〇一五年的今天，她们的婚姻还不被这个国家认可。

是什么时候来着？喝醉的阎魔曾说过这样的话。当时有客人问："阎魔不想结婚吗？"

阎魔说："不想。"

"为什么？"

"为什么？因为就算我现在说，我想和喜欢的人结婚，国家也会拒绝我呀。我们同志啊，最讨厌的就是被拒绝。我还想拒绝呢，'那就算了！'"

这是颇具阎魔风格的抗议，筒井听完，想，原来如此。任何事情都是这样，处在"做与不做"这一立场上的人，不会去想象处在"能与不能"这一立场上的人的悲哀。即便这想象是被允许的。

令人感动的婚礼还在继续。看到感动至极泪流不止的真奈美和优奈，筒井这些来宾的胸口都热了起来。

"不能"的人，正在拼命努力。

忽然，他想起了两兆日元这个金额。那是曾在阎魔的店里开心聊过的话题。

筒井想，现在正在祭坛上为爱起誓的这两个人一定会100%拒绝。"算了！"——和两兆日元相比，她们毫无疑问会选择眼前这个人。

"无论健康或疾病，无论顺境或逆境，无论富有或贫穷，你是否都将爱她，尊重她，抚慰她，照顾她，对她忠贞不渝直到生命尽头？"

文景

社 科 新 知　文 艺 新 潮

Horizon

春天，相遇在巴尼斯百货

［日］吉田修一 著　毛叶枫 译

出 品 人：姚映然
责任编辑：卢　茗
营销编辑：杨　朗
封面设计：安克晨
版式设计：施雅文

出　品：北京世纪文景文化传播有限责任公司
　　　　（北京朝阳区东土城路8号林达大厦A座4A 100013）
出版发行：上海人民出版社
印　　刷：山东临沂新华印刷物流集团有限责任公司
制　　版：南京展望文化发展有限公司

开 本：890×1240mm　1/32
印 张：4　字 数：48,000　插页：2
2022年8月第1版　　2022年8月第1次印刷
定 价：45.00元
ISBN：978-7-208-17723-9/I·2021

图书在版编目（CIP）数据

春天，相遇在巴尼斯百货/（日）吉田修一著；毛
叶枫译.—上海：上海人民出版社，2022
ISBN 978-7-208-17723-9

Ⅰ.① 春… Ⅱ.①吉… ②毛… Ⅲ.① 短篇小说-小
说集-日本-现代 Ⅳ.①I313.45

中国版本图书馆CIP数据核字（2022）第099319号

本书如有印装错误，请致电本社更换 010-52187586